Un negocio arriesgado

Nora Roberts es una de las escritoras estadounidenses de mayor éxito en la actualidad. Cada novela que publica encabeza rápidamente los primeros puestos en las listas de best sellers de Estados Unidos y del Reino Unido; más de cuatrocientos millones de ejemplares impresos en el mundo avalan su maestría. Sus últimas obras publicadas en España son el dúo de novelas *Polos opuestos* y *Atrapada*, la tetralogía Cuatro bodas (*Álbum de boda*, *Rosas sin espinas*, *Sabor a ti* y *Para siempre*), la trilogía Hotel Boonsboro (*Siempre hay un mañana*, *El primer y último amor* y *La esperanza perfecta*), *La testigo*, *La casa de la playa*, la trilogía de los O'Dwyer (formada por *Bruja Oscura*, *Hechizo en la niebla* y *Legado mágico*), *El coleccionista* y *La mentira*. Actualmente, Nora Roberts reside en Maryland con su marido.

Para más información, visite la página web de la autora: www.noraroberts.com

NORA ROBERTS

Un negocio arriesgado

Penguin Random House Grupo Editorial, S. A. U.
Travessera de Gràcia, 47-49. 08021 Barcelona

Printed in Spain – Impreso en España

Depósito legal: B-18471-2018
ISBN: 978-84-663-8322-6

Impreso en Black Print CPI

R 2 7 0 9 2 8

Penguin
Random House
Grupo Editorial

Para Michael y Darlene.
Buenos amigos.

I

–Cuidado donde pisáis. Por favor, cuidado donde pisáis. Gracias –Liz tomó un billete de un hombre bronceado con una camisa con motivos de palmeras, y luego esperó con paciencia que una mujer con dos cestas de mimbre buscara el suyo–. Espero que no lo hayas perdido, Mabel. Te dije que dejaras que yo te lo guardara.

–No lo he perdido –indicó la mujer de malhumor antes de extraer la pequeña pieza de cartón azul.

–Gracias. Por favor, sentaos –pasaron varios minutos hasta que todos estuvieran sentados y ella pudo ocupar su asiento–. Damas y caballeros, bienvenidos a bordo del Fantasy.

Con la mente puesta en media docena de cosas diferentes, Liz comenzó el monólogo de inauguración. Asintió con gesto distraído al hombre del muelle, quien soltó amarras antes de que ella arrancara el motor. Su voz sonó agradable y relajada mientras echaba otro vistazo al reloj. Ya llevaban un retraso de quince minutos. No podía demorar más la excursión.

La embarcación osciló un poco cuando la sacó del muelle y emprendió un curso en dirección este. Aunque tenía los pensamientos dispersos, realizó el viraje con pericia. Podría haber llevado el barco con los ojos cerrados. El aire que le abanicaba la cara era suave y ya empezaba a calentarse, aunque era temprano. Unas nubes inofensivas y blancas moteaban el horizonte. El agua, agitada por el motor, era tan azul como prometían los folletos. Incluso después de diez años, Liz no daba nada por hecho... en particular su sustento. Parte de ello dependía de una atmósfera que hacía que los músculos se relajaran y los problemas desaparecieran.

Detrás de ella, en la embarcación larga y con forma de bala, había dieciocho personas sentadas en bancos acolchados. Ya murmuraban sobre los peces y las formaciones que veían a través del fondo de cristal. Dudaba que alguna de ellas pensara en las preocupaciones que habían dejado en casa.

–Pasaremos por Paraíso Reef North –comenzó con voz baja y fluida–. Las profundidades de buceo van desde los nueve hasta los quince metros. La visibilidad es excelente, de modo que podréis ver los corales con formas de estrella y cerebro, abanico y esponja, al igual que los cardúmenes de meros. Éste no es de los peces más bonitos, pero es versátil. Todos nacen hembras y producen huevas antes de cambiar de sexo y transformarse en machos funcionales.

Estableció el curso y mantuvo una velocidad estable. Continuó describiendo los angelotes de colores elegantes y los fascinantes y peligrosos erizos de mar. Sus clientes encontrarían la información útil cuando parara dos horas para que hicieran snorkel en Palancar Reef.

Ya había hecho el recorrido con anterioridad, demasiadas veces para recordarlas todas. Quizá se hubiera convertido en una rutina, pero jamás resultaba monótono. En ese momento sentía, igual que siempre, la libertad de las aguas abiertas, del cielo azul y del zumbido del motor con ella a los controles. La embarcación era suya, igual que otras tres, y también la pequeña tienda de buceo próxima a la playa. Había trabajado para conseguirlo, sudando durante meses cuando las facturas acuciaban y los ingresos eran escasos. Lo había logrado. Diez años de lucha habían sido un precio pequeño por tener algo propio. Darle la espalda a su país, dejar atrás todo lo que era familiar, había sido un precio leve por conseguir la paz mental.

La isla diminuta y rústica de Cozumel, en el Caribe mexicano, fomentaba la paz mental. En ese momento era su hogar, el único que importaba. Allí era aceptada, respetada. Nadie en la isla conocía la humillación y el dolor por los que había pasado antes de haber huido a México. Rara vez pensaba en ello, aunque tenía un recordatorio vívido.

Faith. El sólo hecho de pensar en su hija la hacía sonreír. Faith era pequeña, brillante y preciosa y estaba muy lejos. «Faltan seis semanas», pensó. Entonces regresaría del colegio para pasar el verano allí.

Siempre que el dolor de la soledad se volvía agudo, se recordaba que enviarla a Houston con sus abuelos había sido lo mejor. La educación de Faith era más importante que las necesidades de una madre. Liz había trabajado, jugado y luchado para que Faith pudiera tener todo a lo que tenía derecho, todo lo que tendría si su padre...

Decidida, se concentró en otras cosas. Una década atrás se había prometido que desterraría al padre de Faith de la cabeza, tal como él la había desterrado de su vida. Había sido un error, cometido con ingenuidad y pasión, y que le había cambiado el curso de la vida para siempre. Pero de ello había ganado algo preciado: Faith.

–Debajo, verán los restos de un avión Convair –aminoró el paso de la embarcación para que los pasajeros pudieran examinarlo y a los buceadores que habían ido a explorar. Las burbujas de los tanques de oxígeno se elevaban como pequeños discos de plata–. No se trata de ninguna tragedia –continuó–. Se hundió para la escena de una película y le proporciona a los buceadores un entretenimiento fácil.

Se recordó que su trabajo consistía en hacer lo mismo para sus pasajeros. Era muy sencillo cuando tenía un compañero a bordo. Sola, tenía que pilotar la nave, mantener la conversación ligera e informativa, encargarse del equipo de snorkel, servir el almuerzo y contar a los pasajeros. No había sido posible esperar más a Jerry.

Musitó para sí misma al incrementar la velocidad. No es que le importara el trabajo adicional, pero consideraba que los clientes que pagaban tenían derecho a lo mejor que podía ofrecerles. Debería haber sabido que no podía depender de él. No le habría costado nada arreglar que la acompañara otro. De hecho, tenía dos hombres en la embarcación de buceo y otros dos en la tienda. Pero Jerry ya había llegado a tiempo en otras ocasiones. Con él a bordo, las mujeres quedaban tan encantadas que casi ni notaban el mundo acuático sobre el que pasaba el barco.

Sonrió y pensó que nadie podía culparlas. Si ella no hubiera sido inmune a los hombres en general, Jerry la habría vuelto loca. A la mayoría de las mujeres le costaba resistirse a un cabello oscuro, un hoyuelo en el mentón y ojos gris humo. Si a ello se añadía un cuerpo fibroso y musculoso y una elocuencia seductora, ninguna mujer estaba a salvo.

Pero ésa no había sido la razón por la que había aceptado alquilarle una habitación o darle un trabajo a tiempo parcial. Había necesitado los ingresos adicionales, al igual que la ayuda extra, y era lo bastante astuta como para reconocer a un operador cuando lo veía. La experiencia anterior le había enseñado que era positivo para el negocio tener uno. Se dijo que más valía que le presentara una buena excusa para haberla dejado sin tripulación, pero luego se lo quitó de la cabeza.

El trayecto, el sol, la brisa, la relajaron. De vez en cuando, un pasajero haría una pregunta o señalaría entusiasmado algo que se escurría por debajo del fondo transparente de la embarcación. Ella contestaba, comentaba y aclaraba. Y como tres de sus pasajeros eran mexicanos, repetía toda la información en español. Como había varios niños a bordo, se aseguraba de exponer los hechos de forma divertida.

Si las cosas hubieran sido diferentes, habría sido maestra. Hacía tiempo que había desterrado de su mente ese sueño antiguo, diciéndose que estaba más preparada para el mundo de los negocios. El suyo. Sí, había elegido su mundo y no lo lamentaba.

Cuando una mujer gritó a su espalda, abandonó los mandos del barco. Antes de que pudiera volverse, al primer grito se unió otro. Lo primero que pensó fue que tal vez habían visto uno de los tiburones que en ocasiones visitaban los arrecifes. Preparada para calmar a los pasajeros, dejó la embarcación a la deriva en la corriente. Una mujer lloraba en brazos de su marido, otra sostenía la cara de su hijo de forma protectora contra un hombro. Los demás miraban a través del cristal del fondo. Liz se quitó las gafas de sol mientras bajaba los dos escalones que la separaban de la cabina.

–Por favor, intenten mantener la calma. Les prometo que no hay nada ahí abajo que pueda hacerles daño en el barco.

Un hombre con una Nikon alrededor del cuello y un visor solar anaranjado sobre una cabeza calva la miró fijamente.

–Señorita, será mejor que llame por radio a la policía.

Liz bajó la vista hacia las aguas azules que se veían a través del cristal. Sintió un nudo en la garganta. En ese momento comprendió por qué Jerry le había dado plantón. Yacía sobre el arenoso fondo blanco con una cadena de ancla enroscada alrededor del cuello.

En cuanto el avión dejó de deslizarse por la pista, Jonas recogió su bolsa de equipaje y esperó con impaciencia que la puerta se abriera. Con un gesto hacia la auxiliar de vuelo, bajó por las empinadas escaleras mecánicas. No tenía tiempo ni la inclinación para disfrutar de las palmeras, del despliegue de las flores o del soñador cielo azul. Caminó con la vista al frente y los ojos entrecerrados por el sol. Con su traje oscuro y corbata impecable, podía haber sido un hombre de negocios que hubiera ido a Cozumel por asuntos de trabajo y no de placer. El dolor o la ira que pudiera sentir estaban cuidadosamente enmascarados por una expresión serena e inabordable.

La terminal era pequeña y ruidosa. Aunque no sabía nada de español, pasó con rapidez por la aduana y salió a un pequeño y caluroso recinto donde los hombres esperaban en unos estrados para alquilar coches y jeeps. Quince minutos después de aterrizar, sacaba un todoterreno del aparcamiento y ponía rumbo hacia la ciudad, con un mapa metido en la visera para protegerse del sol. El calor era sofocante.

Veinticuatro horas antes, había estado sentado en su amplio y elegante despacho con aire acondicionado. Acababa de ganar un caso largo y duro que le había requerido toda su habilidad y montañas de investigación. Su cliente era un hombre libre, absuelto de un cargo de delito mayor que tenía como condena un mínimo de diez años. Había aceptado su minuta, la gratitud del otro y evitado en la medida de lo posible toda la publicidad.

Había estado a punto de tomarse las primeras vacaciones en dieciocho meses. Dos semanas en París parecía la recompensa perfecta para tantos meses de diez horas al día de trabajo.

Al recibir la llamada desde México, había necesitado varios momentos para entender. Al responder que en efecto tenía un hermano llamado Jeremiah, su pensamiento había sido que Jerry se había vuelto a meter en problemas y que iba a tener que pagar una fianza para sacarlo de la cárcel.

Cuando colgó, ya no era capaz de pensar. Aturdido, le había dado orden a su secretaria de que cancelara la reserva a París y que le organizara un vuelo para Cozumel al día siguiente.

Luego había vuelto a alzar el auricular para llamar a sus padres y decirles que su hijo estaba muerto.

Había ido a México para identificar el cuerpo y llevar a su hermano a casa para ser enterrado. Con una nueva oleada de dolor, experimentó la sensación de inevitabilidad. Jerry siempre había vivido al borde del desastre. En esa ocasión, había ido más allá. Desde la infancia, había coqueteado con los problemas... con el encanto habitual que lo caracterizaba. En una ocasión había bromeado que él se había metido a estudiar abogacía para encontrar la forma más eficaz de sacarlo de problemas. Quizá, en un sentido, había sido cierto.

Jerry había sido un soñador. Él un realista. Jerry había sido descaradamente perezoso, él un adicto al trabajo. Los dos eran, habían sido, dos caras de una moneda. Mientras iba a la comisaría de San Miguel, tenía la certeza de que una parte de él había sido borrada.

Bajó del coche y se dirigió hacia la comisaría para vadear el pantano de papeleo que acompañaba a una muerte violenta.

El capitán Moralas era un hombre enérgico y pragmático que había nacido en la isla y que estaba dedicado con ardor a protegerla. Se aproximaba a los cuarenta años y esperaba el nacimiento de su quinto hijo. Estaba orgulloso de la posición que ostentaba, de su educación y de su familia, aunque el orden a menudo variaba. Básicamente, era un hombre sereno que disfrutaba con la música clásica y una película los sábados por la noche.

Como San Miguel tenía puerto y los barcos llevaban marineros de permiso y turistas de vacaciones, Moralas no era ajeno a los problemas o al lado oscuro de la naturaleza humana. Sin embargo, se enorgullecía del reducido porcentaje de delitos violentos que había en su isla. El asesinato del estadounidense lo molestaba del mismo modo en que una mosca fastidiosa molestaba a un hombre sentado plácidamente en la hamaca de su porche. Un policía no necesitaba trabajar en una gran ciudad para reconocer el trabajo de un profesional. No había sitio para el crimen organizado en Cozumel.

Pero también era un hombre de familia. Entendía el amor y el dolor, igual que entendía que algunos hombres se veían impelidos a ocultar ambos. En el aire fresco del depósito de cadáveres, aguardó junto a Jonas. El americano se erguía una cabeza más alto, rígido y pálido.

–¿Es éste su hermano, señor Sharpe? –aunque no tenía que preguntarlo.

Jonas miró la otra cara de la moneda.

–Sí.

En silencio, retrocedió para brindarle a Jonas el tiempo que necesitara.

No parecía posible. Jonas sabía que podría haber permanecido horas mirando la cara de su hermano y jamás le habría parecido posible. Jerry siempre había buscado el camino fácil, el trato más provechoso y no siempre había sido un hombre admirable. Pero siempre había estado lleno de vida. Despacio, apoyó la mano sobre la de su hermano. Ya no había vida ahí y nada que él pudiera hacer. Con igual lentitud apartó la mano. No parecía posible, pero lo era.

Moralas le hizo un gesto con la cabeza al funcionario.

–Lo siento.

Jonas sacudió la cabeza. El dolor era como un cuchillo sin filo a través de la base de su cráneo. Lo recubrió con hielo.

–¿Quién mató a mi hermano, capitán?

–No lo sé. Estamos investigando.

–¿Tiene pistas?

Moralas le hizo un gesto y avanzó por el pasillo.

–Su hermano sólo llevaba tres semanas en Cozumel, señor Sharpe. En este momento, investigamos a todo el mundo que tuviera contacto con él durante ese tiempo –abrió una puerta y salió al aire libre, respirando hondamente el aire fresco y la fragancia de las flores. El hombre a su lado no pareció notar el cambio–. Se lo prometo, haremos todo lo posible por encontrar al asesino de su hermano.

La furia que Jonas había controlado durante tantas horas salió a la superficie.

–No lo conozco –con mano firme, sacó un cigarrillo y observó al capitán con ojos entrecerrados mientras lo encendía–. Usted no conocía a Jerry.

–Ésta es mi isla –la mirada de Moralas permaneció clavada en la de Jonas–. Si hay un asesino en ella, lo encontraré.

–Un profesional –sopló humo que flotó en el aire sin ninguna brisa que lo dispersara–. Los dos lo sabemos, ¿verdad?

Moralas guardó silencio un momento. Aún esperaba recibir información sobre Jeremiah Sharpe.

–A su hermano le pegaron un tiro, señor Sharpe,

de modo que estamos investigando con el fin de averiguar el porqué, el cómo y el quién. Usted podría ayudarme proporcionándome cierta información.

Jonas miró la puerta... la puerta que conducía a las escaleras, de allí al pasillo y al cuerpo de su hermano.

–Necesito caminar –murmuró.

Moralas aguardó hasta que cruzaron la hierba, luego el camino. Por un momento, caminaron en silencio cerca del muro del mar.

–¿Por qué vino su hermano a Cozumel?

–No lo sé –dio una calada profunda al cigarrillo hasta que llegó al filtro–. A Jerry le gustaban las palmeras.

–¿Por su negocio? ¿Su trabajo?

Con una media carcajada, Jonas aplastó el filtro caliente bajo el tacón del zapato. La luz del sol bailaba como diamantes sobre el agua.

–A Jerry le gustaba llamarse trabajador autónomo. Era un trotamundos –y había aportado complicaciones a su vida tantas como momentos gratos. Contempló el agua, recordando vidas compartidas, opiniones encontradas–. Para Jerry, siempre era la siguiente ciudad y el siguiente trato. Lo último que supe, hace dos semanas, fue que le estaba dando clases de buceo a los turistas.

–The Black Coral Dive Shop –confirmó el policía–. Elizabeth Palmer lo contrató a tiempo parcial.

–Palmer –la atención de Jonas se desvió del agua–. Ésa es la mujer con la que vivía.

–La señorita Palmer le alquilaba una habitación a su hermano –corrigió Moralas–. Ella formaba parte del grupo que descubrió el cuerpo de su hermano. Le ha ofrecido a mi departamento su completa colaboración.

Jonas apretó los labios. ¿Cómo había descrito Jerry a esa tal Liz Palmer en la breve conversación telefónica que mantuvieron semanas atrás? Una mujer muy sexy que hacía unas tortitas estupendas.

–Necesitaré su dirección –ante la mirada del capitán, enarcó una ceja–. Doy por hecho que las cosas de mi hermano siguen en su casa.

–Así es. Algunos de los efectos personales de su hermano los tengo yo en mi despacho... sólo son los que llevaba encima. Puede recogerlos junto con los que quedaban en la casa de la señorita Palmer. Ya los hemos investigado.

Jonas sintió que la ira volvía a crecer en su interior y la controló.

–¿Cuándo puedo llevarme a casa a mi hermano?

–Haré lo posible por completar el papeleo hoy mismo. Necesitaré una declaración suya. Desde luego, hay que rellenar unos formularios –miró el perfil tenso de Jonas y volvió a experimentar otra punzada de compasión–. Lo siento.

Él sólo asintió.

–Acabemos de una vez.

Liz entró en la casa. Encendió unas luces y activó unos ventiladores de techo. Por el momento, el sonido era suficiente compañía. El dolor de cabeza con el que había vivido las últimas veinticuatro horas era una molestia sorda y apagada justo debajo de la sien derecha. Fue al cuarto de baño y se tomó otras dos aspirinas antes de abrir la ducha.

Se preguntó cuánto haría falta hasta dejar de ver a Jerry en la arena, bajo el agua.

Era verdad que apenas lo conocía, pero había sido divertido, interesante y grata compañía. Había dormido en la cama de su hija y comido en su cocina. Pensó que estaría mejor cuando la policía terminara la investigación. Había sido muy duro cuando se presentaron en su casa para inspeccionar las pertenencias de Jerry. Y hacerle preguntas.

¿Cuánto había conocido de Jerry Sharpe? Que había sido estadounidense, agente y mujeriego. Había sido capaz de utilizar las tres cosas a su favor cuando había dado clases de buceo o desempeñado el papel de acompañante en uno de sus barcos. Lo había considerado inofensivo... sexy, atractivo y básicamente perezoso. Había alardeado de que conseguiría un negocio que le permitiría vivir con estilo y a lo grande. No lo había tomado más que como una baladronada. Por lo que ella sabía, nada permitía vivir a lo grande salvo años de duro trabajo... o riqueza heredada.

Pero los ojos de Jerry se habían iluminado al hablar de ello y su sonrisa había sido atractiva. De haber sido una mujer que se permitía sueños, lo habría creído. Pero los sueños eran para los jóvenes y necios. Con cierto pesar, comprendió que Jerry Sharpe había sido ambas cosas.

Al ir hacia el dormitorio, se envolvió el pelo en una toalla. Recordó el modo en que Jerry había intentado abrirse paso hasta sus sábanas pocos días después de haberse trasladado a su casa. Tenía locuacidad y manos suaves. Aunque la había besado antes de que ella pudiera esquivarlo, no le había costado quitárselo de encima. Él había aceptado el rechazo de buen grado y habían permanecido en términos cómodos. Se puso una camiseta grande que le cubría la parte superior de los muslos.

La verdad era que Jerry Sharpe había sido un hombre de buen talante y agradable con grandes sueños. No por primera vez, se preguntó si sus sueños habrían tenido algo que ver con su muerte.

No podía continuar pensando en ello. Lo mejor que podía hacer era guardar todo lo que había pertenecido a Jerry en la maleta de éste y llevarlo a la policía.

Después de cinco minutos descubrió que la hacía sentir fatal. Durante un tiempo, la intimidad había sido su única posesión. Invadir la de otra persona la incomodaba. Mientras guardaba las cosas de él, y sin advertencia previa, sintió que le caían unas lágrimas. Había estado tan vivo, sido tan joven, tan lleno de esa atrevida sensación de seguridad. Apenas había tenido tiempo de considerarlo un amigo, pero había dormido en la cama de su hija y dejado ropa en su armario.

En ese momento deseó haberlo escuchado más, haberse mostrado más amigable, más abordable. La había invitado a tomar unas copas con él y lo había rechazado porque había tenido que hacer papeleo. En ese momento parecía una mezquindad, algo frío. Si le hubiera dado una hora de su vida, quizá hubiera descubierto quién era, de dónde venía y por qué había muerto.

Cuando sonó la llamada a la puerta, se llevó las manos a las mejillas. Se dijo que era una tontería llorar, ya que las lágrimas jamás solucionaban nada. Jerry Sharpe había desaparecido y no tenía nada que ver con ella.

Se secó las lágrimas mientras iba a la puerta. El dolor de cabeza comenzaba a mitigarse. Pensó que lo mejor sería llamar a Moralas de inmediato para arreglar que recogieran la ropa. Abrió.

Durante un instante, sólo fue capaz de mirar fijamente. La camiseta que no recordaba estar sosteniendo aún en la mano se le escapó de los dedos. Dio un vacilante paso atrás. La visión se le nubló y tuvo que parpadear para despejarla. El hombre que había en la puerta le devolvió la mirada con expresión acusadora.

–Jer... Jerry –balbuceó y a punto estuvo de gritar cuando él dio un paso al frente.

–¿Elizabeth Palmer?

Ella movió la cabeza, aturdida y aterrada. No era supersticiosa. Creía en la acción y en la reacción en un plano puramente pragmático. Cuando alguien moría, no podía volver. Sin embargo, ahí estaba, mirando cómo Jerry Sharpe cruzaba el umbral. Lo oyó hablarle otra vez.

–¿Es usted Liz Palmer?

–Te vi –la voz se elevó por los nervios, aunque fue incapaz de quitarle los ojos de encima. El aspecto arrogante y atractivo, el hoyuelo en el mentón, los ojos grises bajo unas tupidas cejas oscuras. Era una cara que atraía la necesidad de correr un riesgo en una mujer, o al menos de los sueños de riesgos–. ¿Quién es usted?

–Jonas Sharpe. Jerry era mi hermano. Mi hermano gemelo.

Al descubrir que le temblaban las rodillas, se sentó con rapidez. Se dijo que no era Jerry a medida que el corazón se le calmaba. El pelo era igual de oscuro y de tupido, pero carecía del aspecto descuidado del de Jerry. La cara era igual de atractiva, pero jamás había visto los ojos de Jerry tan duros, tan fríos. Y ese hombre lucía un traje como si hubiera nacido con uno puesto. Su porte era de pasión e impaciencia contenidas. Tardó un momento, sólo un momento, antes de sentir ira.

–Lo hizo adrede –como tenía las palmas de las manos húmedas, se las frotó contra las rodillas–. Ha sido algo horrible. Sabía lo que pensaría cuando abriera la puerta.

–Necesitaba una reacción.

Se reclinó y respiró hondo

–Es usted un canalla, señor Sharpe.

Por primera vez en horas, la boca de él se curvó... pero sólo levemente.

–¿Puedo sentarme?

–¿Qué quiere? –le indicó una silla.

–He venido a buscar las cosas de Jerry. Y a hablar con usted.

Al sentarse, echó un vistazo alrededor. No fue la mirada cortés y casual que realiza un extraño al entrar en la casa de otra persona, sino un estudio penetrante e intenso de todo lo que pertenecía a Liz Palmer. Era un salón pequeño, apenas más grande que su despacho. Así como él prefería colores apagados y líneas limpias, Liz elegía tonalidades brillantes y de contraste. De las paredes colgaban varias máscaras mayas y por el suelo había diseminadas alfombras de distintos tamaños y colores. Había un enorme jarrón de cerámica azul sobre una tela tejida en la mesa, pero las flores amarillas que contenía estaban perdiendo sus pétalos. La misma mesa no brillaba, sino que exhibía una fina capa de polvo.

La conmoción que le había contraído los músculos del estómago se había relajado. No dijo nada mientras él inspeccionaba el salón, ya que ella misma lo estaba estudiando. Era un reflejo de Jerry. Pero ¿los reflejos no eran algo parecido a los negativos? No creyó que fuera una compañía divertida. Experimentó la intensa necesidad de ordenarle que se marchara. «Ridículo», se dijo. No era más que un hombre, que no significaba nada para ella. Y había perdido a su hermano.

–Lo siento, señor Sharpe. Éste es un momento muy difícil para usted.

Le clavó la vista con tanta celeridad, que Liz volvió a tensarse. Apenas había sido consciente de la inspección a la que había sometido a su salón, pero no podía permanecer impasible al estudio a que la sometía a ella.

No era lo que había esperado. Su cara era toda ángulos... pómulos anchos, una nariz larga y estrecha y una barbilla que insinuaba un final afilado. No era hermosa, pero llamativa de un modo casi incómodo. Quizá fueran sus ojos, de un castaño profundo y melancólico, que se elevaban de forma exótica en los extremos exteriores. Quizá su boca, plena y vulnerable. La camiseta dominaba su cuerpo con metros de tela, dejando al descubierto únicamente unas piernas largas y bronceadas. Las manos, que descansaban en los reposabrazos del sillón, eran pequeñas, estrechas y sin anillos.

Jonas había creído conocer los gustos de su hermano como los suyos propios. Liz Palmer no encajaba con el gusto de Jerry por lo estridente y extravagante, ni con el suyo por lo discreto y sofisticado.

No obstante, Jerry había vivido con ella. Con lobreguez pensó que asimilaba el asesinato de su amante muy bien.

–Y un tiempo difícil también para usted.

–Jerry era un hombre agradable. No es fácil...

–¿Cómo lo conoció?

Cortadas sus palabras de simpatía, se irguió en el sillón. Jamás extendía la cordialidad donde con casi toda seguridad no sería aceptada. Si él sólo quería hechos, eso mismo le daría.

–Pasó por mi tienda hace unas semanas. Estaba interesado en bucear.

Jonas enarcó una ceja con interés cortés, pero los ojos permanecieron gélidos.

–En bucear.

–Soy dueña de una tienda de buceo en la playa... alquilo equipo, ofrezco recorridos en barco, lecciones... Jerry buscaba trabajo. Como conocía el tema, se lo di a él. Era el tripulante de la embarcación de buceo, ofrecía a los turistas alguna lección, esa clase de cosas.

Enseñarle a los turistas a emplear un regulador no encajaba con la última conversación que había mantenido con su hermano. Jerry había mencionado tener casi listo un gran negocio. Mucho dinero.

–¿No le compró la mitad del negocio?

Algo apareció en la cara de ella... orgullo, desdén, diversión. No estuvo seguro.

–No acepto socios, señor Sharpe. Jerry trabajaba para mí, eso es todo.

–¿Todo? –volvió a enarcar una ceja–. Vivía aquí.

Captó el significado, el mismo que había mostrado la policía. Decidió que ya había contestado todas las preguntas que quería y que le había dedicado a Jonas Sharpe más que suficiente de su tiempo.

–Las cosas de Jerry están aquí –se puso de pie y salió del salón. Esperó en la puerta de la habitación de su hija hasta que él se reunió con ella–. Había empezado a guardar su ropa. Sin duda preferirá hacerlo usted. Tómese el tiempo que necesite.

Cuando fue a dar la vuelta, él la tomó del brazo. No la miraba, sino las estanterías del cuarto con sus muñecas, paredes rosadas y cortinas de encaje. Y la ropa de su hermano, echada con negligencia sobre el respaldo de una silla blanca y una colcha de motivos florales. Jonas descubrió que volvía a dolerle.

–¿Esto es todo? –parecía tan poco.

–Aún no he repasado los cajones de la cómoda. La policía sí –cansada de pronto, se quitó la toalla de la cabeza. Un pelo rubio oscuro, aún húmedo, cayó en torno a su cara y hombros. De algún modo, su cara parecía más vulnerable–. No sé nada sobre la vida personal de Jerry... sus pertenencias. Ésta es la habitación de mi hija –giró la cabeza hasta que sus ojos se encontraron–. Está en el colegio. Aquí es donde dormía Jerry –lo dejó a solas.

Veinte minutos fue todo lo que necesitó. Su hermano había viajado ligero. Dejó la maleta en el salón y cruzó la casa. No era grande. Caminó hacia la parte de atrás hasta encontrar la cocina. Y a Liz.

Al oler el café, recordó que no comía desde la mañana. Sin darse la vuelta, Liz sirvió una segunda taza. No necesitaba que hablara para saber que estaba allí. Dudaba de que fuera un hombre que alguna vez tuviera que anunciar su presencia.

–¿Leche?

Jonas se pasó una mano por el pelo. Sentía como si se hallara en el sueño de otra persona.

–No, solo.

Cuando ella se volvió para ofrecerle la taza, vio la ligera sacudida que experimentó.

–Lo siento –murmuró bebiendo de su propio café–. Se parece tanto a él.

–¿Eso la molesta?

–Me inquieta.

El café lo ayudó a despejar la bruma de la irrealidad.

–No estaba enamorada de Jerry.

Liz lo miró levemente sorprendida. Comprendió que él había creído que había sido la amante de su hermano, pero no creía que hubiera dado el siguiente paso.

–Sólo lo conocía de unas pocas semanas –entonces rió al recordar otro tiempo, otra vida–. No, no estaba enamorada de él. Teníamos una relación de trabajo, pero me caía bien. Era engreído y bien consciente de sus propios encantos. En las últimas dos semanas muchas clientas repitieron. Jerry era todo un manipulador –murmuró, luego alzó la vista horrorizada–. Lo siento.

–No –interesado, Jonas se acercó. Era una mujer alta, de modo que sus ojos se mantuvieron fácilmente a un nivel similar. Olía a polvos de talco y no llevaba maquillaje. Volvió a pensar que no era el tipo de Jerry–. Eso es lo que era, aunque la mayoría de la gente no lo captaba.

–He conocido a otros –expuso con voz apagada–. No tan inofensivos, no tan amables. Su hermano era un hombre agradable, señor Sharpe. Y espero que quienquiera que... Espero que los encuentren.

Vio cómo los ojos grises se tornaban helados.

–Lo harán. Puede que necesite hablar otra vez con usted.

Parecía una petición bastante simple, pero la rechazó. No quería hablar otra vez con él, no quería verse involucrada de ninguna manera.

–No hay nada más que pueda decirle.

–Jerry vivía en su casa, trabajaba para usted.

–Yo no sé nada –elevó la voz al tiempo que giraba para mirar por la ventana. Estaba cansada de preguntas, de la gente que la señalaba en la playa como la mujer que había encontrado su cuerpo. Estaba cansada de que su vida se volviera del revés por la muerte de un hombre al que apenas había conocido. Y reconoció que estaba nerviosa, porque Jonas Sharpe era un hombre que podía hacer que su vida siguiera del revés el tiempo que le apeteciera–. He hablado con la policía una y otra vez. Trabajaba para mí. Lo veía unas horas por el día. No sé adónde iba por la noche, a quién veía o qué hacía. No era asunto mío mientras pagara la habitación y apareciera para trabajar –al volverse, tenía una expresión firme–. Lo siento por su hermano, lo siento por usted. Pero no es asunto mío.

–No estamos de acuerdo, señora Palmer.

–Señorita Palmer –explicó adrede, y observó su gesto lento de asentimiento–. No puedo ayudarlo.

–No lo sabrá hasta que hablemos.

–Muy bien. No lo ayudaré.

Él inclinó la cabeza y sacó la cartera.

–¿Le debía algo Jerry por la habitación?

Ella sintió el insulto como una bofetada. Sus ojos, por lo general suaves, centelleaban.

–No me debía nada, ni tampoco me lo debe usted. Si ha terminado el café...

Jonas dejó la taza en la mesa.

–He terminado. Por ahora –la estudió una última vez. Se dijo que tenía que saber algo. Si debía utilizarla para averiguarlo, lo haría–. Buenas noches.

Liz permaneció donde estaba hasta que el sonido de la puerta delantera al cerrarse reverberó hacia ella. Luego cerró los ojos. Se recordó que no era asunto suyo. Pero aún podía ver a Jerry debajo de su barco.Y en ese momento, podía ver a Jonas Sharpe con un dolor duro en los ojos.

II

Liz pensó en trabajar en la tienda de buceo a la mañana siguiente como lo más próximo a tomarse un día libre. De hecho, mantenerse alejada de los barcos o de la tienda era un lujo que rara vez se permitía, y sólo cuando Faith se hallaba en casa de vacaciones. Ese día había hecho zarpar las embarcaciones sin ella para poder llevar la tienda sola. Para estar sola. Al mediodía, todos los buceadores serios ya habían alquilado sus tanques de oxígeno, de modo que el negocio sería esporádico. Eso le daría la oportunidad de dedicar unas horas a comprobar el equipo y a realizar un inventario.

La tienda era una unidad básica de madera. De vez en cuando, jugaba con la idea de encargar que le pintaran el exterior, pero jamás podría justificar el gasto extra. Había un cubículo al que con ironía llamaba su despacho, donde había logrado introducir un viejo escritorio gris de metal y un sillón giratorio. El resto del cuarto se hallaba atestado con equipo que se alineaba en el suelo, se amontonaba en los anaqueles o colgaba de ganchos. El escritorio era de segunda, pero el material de buceo era de lo mejor y se hallaba en perfecto estado.

Cuando comenzó ocho años atrás, había comprado suficientes tanques y trajes para equipar a doce buceadores. Le había consumido cada céntimo ahorrado, cada céntimo que Marcus le había dado a una muchacha joven y soñadora que esperaba un hijo de él. La muchacha se había convertido rápidamente en mujer y en ese momento tenía un negocio que podía equipar a cincuenta buceadores, docenas de practicantes de snorkel, fotógrafos submarinos, turistas que querían pasar un día relajado en el agua o pescadores de aguas profundas.

La primera embarcación con la que se había arriesgado, un bote de buceo, había recibido el nombre de Faith, por su hija. Cuando contaba dieciocho años y estaba sola y asustada, había jurado que el bebé que llevaba dentro iba a tener lo mejor. Diez años más tarde, podía mirar alrededor de la tienda y saber que había mantenido la promesa.

Más aún, la isla a la que había escapado, se había convertido en su hogar. Se había establecido allí, era respetada y se confiaba en ella. Ya no miraba la amplia extensión de agua azul añorando Houston o una bonita casa con un jardín verde. Ya no pensaba en la educación que apenas había podido comenzar ni analizaba lo que podría haber sido. Había dejado de suspirar por un hombre que no la quería a ella ni a la hija que juntos habían creado. Jamás volvería. Pero Faith podría. Faith podría aprender francés, lucir vestidos de seda y hablar de vinos y de música. Algún día Faith regresaría y sin saberlo se mezclaría con unos primos que desconocía en un mismo plano.

Mientras con cuidado llenaba los tanques, pensó que ése era su sueño. Ver a su hija aceptada con la misma facilidad con que a ella la habían rechazado. No por venganza, sino por justicia.

–Buenos días, encanto.

En cuclillas cerca de la pared de atrás, Liz se volvió y entrecerró los ojos contra el sol. Vio a una figura corpulenta enfundada en un traje de buceo negro y rojo, coronada con una cara rubicunda y un cigarro en la boca.

–Señor Ambuckle. No sabía que aún seguía en la isla.

–Fui a Cancún unos días. Pero aquí se bucea mejor.

Con una sonrisa, se levantó para ir hacia su lado de la entrada. Ambuckle era un cliente fijo que iba a Cozumel dos o tres veces al año y siempre le alquilaba muchos tanques.

–Podría habérselo dicho yo. ¿Ha visto algunas de las ruinas?

–Mi mujer me arrastró a Tulum –se encogió de hombros y le sonrió con sus expresivos ojos azules–.

Prefiero estar diez metros bajo el agua que subir piedras todo el día.

–Lo arreglamos en un segundo. ¿Cuánto tiempo va a quedarse? –preguntó mientras comprobaba una linterna submarina.

–Dos semanas más. Un hombre ha de alejarse de su despacho.

–Desde luego –a menudo había estado agradecida de que tantas personas de Texas, Louisiana y Florida sintieran la necesidad de escapar.

–He oído que hubo movimiento mientras estábamos del otro lado.

Liz supuso que ya debería estar acostumbrada al comentario, pero experimentó un escalofrío. La sonrisa se desvaneció, dejándole una expresión remota.

–¿Se refiere al americano al que asesinaron?

–A mi mujer casi le da un ataque. Me costó convencerla de volver. ¿Lo conocía?

«No», pensó. «No tan bien como debería». Para mantener las manos ocupadas, acercó un impreso de alquiler y comenzó a rellenarlo.

–De hecho, trabajó aquí un tiempo.

–¿De verdad? –los pequeños ojos azules de Ambuckle se encendieron un poco.

Supuso que también debería haberse acostumbrado a eso.

–Puede que lo recuerde. Él llevaba el barco de buceo la última vez que usted y su esposa salieron.

–¿En serio? –frunció el ceño mientras mordisqueaba el cigarro–. No será aquel joven atractivo...

Johnny, Jerry –recordó–. Tenía a mi mujer doblada de risa.

–Sí, el mismo.

–Qué pena –murmuró, pero se mostraba más bien complacido de haber conocido a la víctima–. Mostraba mucha energía.

–Sí, yo también lo creía –sacó los tanques por la puerta y luego a la entrada–. Con eso tiene suficiente, señor Ambuckle.

–Añada una cámara, encanto. Quiero sacar una foto de uno de esos calamares. Bichos feos.

Sacó una de un anaquel y la añadió al formulario. Miró la hora, la apuntó en el impreso y le dio la vuelta para que Ambuckle firmara. Después de hacerlo, él le entregó el dinero para el depósito. Agradecía el hecho de que Ambuckle siempre pagaba en efectivo y en dólares americanos.

–Me alegro de verlo otra vez, señor Ambuckle.

–No puede mantenerme lejos, encanto –con un gruñido, se colocó los tanques a los hombros.

Liz lo observó cruzar el paseo antes de archivar el recibo. Abrió la caja donde ponía el efectivo y lo guardó.

–El negocio va bien.

La voz la sobresaltó, y al alzar la vista, vio a Jonas Sharpe.

Nunca más volvería a confundirlo con Jerry, aunque en esa ocasión tenía los ojos escondidos detrás de unas gafas de sol y en lugar de un traje, llevaba unos bermudas y una camisa abierta. Del cuello colgaba una larga cadena de oro, en cuyo extremo había una moneda.

Como no creía en los intercambios corteses, terminó de guardar la caja del dinero y comenzó a comprobar las correas y cierres de la estantería de las máscaras. De su tienda jamás salía un elemento defectuoso.

–No esperaba volver a verlo.

–Debería –la observó. Parecía más fuerte, menos vulnerable que cuando la había visto una semana atrás. Tenía los ojos distantes, la voz indiferente. Le facilitaba llevar a cabo lo que había ido a hacer–. Tiene una buena fama en la isla.

Se detuvo el tiempo suficiente para mirar por encima del hombro.

–¿De verdad?

–Lo he comprobado –indicó con facilidad–. Lleva diez años viviendo aquí. Construyó este sitio desde el primer ladrillo y tiene uno de los negocios más prósperos de la isla.

Con meticulosidad examinó la máscara que sostenía en la mano.

–¿Está interesado en alquilar algún equipo, señor Sharpe? Puedo recomendarle el snorkel en el arrecife más próximo.

–Tal vez. Pero preferiría bucear.

–Perfecto. Puedo proporcionarle lo que necesite –dejó la máscara y escogió otra–. No es necesario tener permiso para bucear en México; sin embargo, yo le recomendaría unas lecciones básicas antes de hacerlo. Ofrecemos dos cursos diferentes... individuales y en grupo.

Por primera vez, él le sonrió, un gesto lento y atractivo de los labios que suavizaba la dureza de la boca.

–Puede que lo acepte. Mientras tanto, ¿a qué hora cierra?

–Cuando esté lista –comprendió que la sonrisa marcaba una diferencia. Para defenderse, le lanzó una mirada de leve insolencia–. Estamos en Cozumel, señor Sharpe. Aquí no funcionamos de nueve a cinco. A menos que quiera contratar un equipo o apuntarse a una excursión, tendrá que disculparme.

Alargó el brazo para tomarle la mano.

–No he vuelto para una excursión. Cene conmigo esta noche. Podremos hablar.

No intentó liberar la mano, pero lo miró fijamente. Dirigir un negocio le había enseñado a ser educada en cualquier circunstancia.

–No, gracias.

–Unas copas, entonces.

–No.

–Señorita Palmer... No tengo gran cosa por la que comenzar en este punto y la policía aún no ha realizado ningún progreso. Necesito su ayuda.

Se había prometido no dejarse arrastrar, ni por unas palabras sinceras ni por unos ojos intensos. Tenía una vida que llevar y un negocio que dirigir, y lo que era más importante, una hija que regresaría en unas semanas.

–No pienso involucrarme. Lo siento, aunque quisiera hacerlo, no hay nada en que pueda ayudarlo.

–Entonces, no la perjudicará hablar conmigo.

–Señor Sharpe –Liz no era conocida por su paciencia–. Dispongo de muy poco tiempo libre. Dirigir este negocio no es un capricho ni una broma; representa mucho trabajo. Si por las noches tengo un par de horas para mí, no pienso dedicarlas a ser interrogada por usted. Y ahora...

–Tengo entendido que habla español como una nativa –observó Jonas. Eso podía serle de utilidad.

–Vivo aquí –respondió con sencillez–. Y ahora, señor Sharpe...

–¿Cuántos barcos?

–¿Qué?

–¿Cuántos tiene?

Respiró hondo y decidió que podía complacerlo durante unos minutos más.

–Cuatro. La embarcación con el fondo de cristal, dos de buceo y uno para pescar en aguas profundas.

–Pesca en aguas profundas –«ése», decidió. Un barco de pesca sería íntimo y estaría aislado–. No la practico desde hace cinco o seis años. Mañana –sacó la cartera–. ¿Cuánto?

–Cincuenta dólares por persona al día, pero no saco la embarcación para un solo hombre, señor Sharpe –le ofreció una sonrisa relajada–. No tiene mucho sentido comercial.

–¿Cuál es el mínimo?

–Tres. Y me temo que no hay nadie más apuntado. Por lo tanto...

Depositó cuatro billetes de cincuenta dólares en el mostrador.

–Los cincuenta adicionales son para asegurarme de que sea usted quien pilote la embarcación.

Liz miró el dinero. Doscientos extra la ayudarían a comprar las motos de agua en las que había estado pensando. Eso y el windsurfing se hacían cada vez más populares y si quería mantenerse al día...Volvió a observar los ojos oscuros y determinados de Jonas Sharpe y decidió que no valía la pena.

–Mi agenda para mañana está completa. Me temo que...

–No tiene mucha lógica comercial rechazar un beneficio, señorita Palmer –cuando la vio mover los hombros, volvió a sonreír, aunque en esa ocasión no fue un gesto muy placentero–. Lamentaría tener que mencionar en el hotel que el servicio recibido en The Black Coral no fue satisfactorio. Es gracioso cómo el boca a boca puede ayudar o dañar un negocio.

Liz recogió el dinero, un billete por vez.

–¿A qué se dedica, señor Sharpe?

–A la abogacía.

Ella emitió un sonido que podría haber sido una risa mientras sacaba un formulario.

–Debí haberlo imaginado. En una ocasión conocí a alguien que estudiaba Derecho –pensó en Marcus, con su lengua locuaz y calculadora–. También él siempre conseguía lo que quería. Firme aquí. Salimos a las ocho –anunció–. El precio incluye un almuerzo a bordo. Si quiere cerveza o licor, cómprelo. El sol es bastante intenso en el agua, así que le recomiendo que compre protección solar –miró más allá de él–. Uno de mis barcos de buceo está regresando. Tendrá que disculparme.

–Señorita Palmer... –no estaba seguro de lo que quería decirle, ni por qué se sentía incómodo después de completar una maniobra exitosa. Al final, se guardó el recibo–. Si cambia de parecer acerca de la cena...

–No lo haré.

–Me alojo en El Presidente.

–Excelente elección –cruzó la puerta y salió al muelle para esperar a su tripulación y clientes.

A las siete y cuarto, el sol estaba en lo alto y ya evaporaba una ligera bruma. Las nubes que había eran finas y escasas.

A las ocho menos cuarto, cruzaba la playa en dirección a la tienda, cargada con una nevera portátil en la que llevaba dos almuerzos y una más pequeña llena de cebo. Ya podía ver unos cuantos tubos que emergían de la superficie del agua. También a ella le habría gustado disponer de una hora para disfrutar del snorkel.

–¡Liz! –el hombre delgado y de corta estatura que caminaba hacia ella movía la cabeza. Por encima del labio exhibía un bigote fino y sus ojos oscuros se mostraban risueños–. Eres demasiado delgada para cargar esas cosas.

Lo estudió de arriba abajo. No llevaba puesto más que un escueto bañador. Sabía que disfrutaba de las miradas encubiertas que le dedicaban las mujeres en la playa.

–También tú, Luis. Pero no permitas que te detenga.

–¿Así que hoy te llevas el barco de pesca? –le quitó la nevera más grande y caminó con ella hacia la tienda–. Te he modificado el horario. Trece personas se han apuntado para la excursión con el barco de fondo de cristal para esta mañana. También van a salir los dos barcos de buceo, así que le pedí a mi primo Miguel que nos echara una mano. ¿Te parece bien?

–Fantástico –Luis era joven, caprichoso con las mujeres y aficionado al tequila, pero se podía contar con él en una necesidad–. Creo que voy a tener que contratar a alguien más, al menos a tiempo parcial.

Luis la miró, luego bajó la vista al suelo. Era el que más próximo a Jerry había estado en el trabajo.

–Miguel no es de fiar. Está aquí un día y al siguiente ha desaparecido. Tengo un sobrino, un buen chico. Pero no puede trabajar hasta que termine la escuela.

–Lo tendré en cuenta –indicó distraída–. Llevemos esto al barco. Quiero comprobar el equipo.

A bordo, Liz realizó una comprobación rutinaria de los aparejos y sedales. Al repasar los carretes grandes y las cañas sólidas, se preguntó si el abogado habría pescado alguna vez peces grandes. Decidió que lo más probable era que ni supiera reconocer un atún, aunque saltara a bordo y le mordiera el pie.

Las cubiertas estaban limpias y el equipo organizado, tal como le gustaba. Luis era quien más tiempo llevaba con ella, pero cualquiera que trabajara para Liz entendía la regla inamovible de brindarle a los clientes la eficacia por la que pagaban.

La embarcación era pequeña de acuerdo a unos patrones serios de pesca deportiva, pero su clientes rara vez se iban insatisfechos. Conocía las aguas a lo largo de toda la península de Yucatán y las costumbres de los peces que pululaban bajo su superficie. Quizá su embarcación careciera de sonar y localizadores de peces y otros equipos complicados, pero pretendía ofrecerle a Jonas Sharpe el recorrido de su vida. Lo mantendría tan ocupado, sujeto a una silla de pescar, que no tendría tiempo de molestarla. Cuando volvieran a atracar, le dolerían los brazos y la espalda y lo único en lo que estaría interesado sería en un baño caliente y en acostarse. Y si no era un completo idiota, se ocuparía de que tuviera un trofeo que llevarse al sitio del que había llegado.

Mientras comprobaba los indicadores del puente, se preguntó cuál podría ser ese sitio. Jamás pensó en preguntárselo a Jerry. No había parecido importante. Sin embargo, en ese momento se preguntaba de dónde procedía Jonas, qué clase de vida llevaba. ¿Frecuentaría restaurantes elegantes con una mujer igualmente elegante del brazo? ¿Miraría películas extranjeras y jugaría a la canasta? ¿O preferiría clubes nocturnos más ruidosos y escuchar jazz? «No es asunto tuyo», se recordó mientras se volvía para llamar a Luis.

–Yo me ocuparé de todo aquí. Ve a abrir la tienda. La embarcación de fondo de cristal debería estar lista para zarpar en media hora.

Pero no lo escuchaba. De pie en la cubierta, miraba hacia el muelle estrecho. Lo vio alzar una mano trémula para persignarse.

–Madre de Dios.

–¿Luis? –bajó los pocos escalones para unirse a él–. ¿Qué...?

Entonces vio a Jonas, con un sombrero de paja en la cabeza y gafas de sol. No se había molestado en afeitarse, de modo que el ligero crecimiento de barba le ofrecía un aspecto perezoso, acentuado por una camiseta gastada y un corto bañador negro. Se dio cuenta de que no parecía un hombre que jugara a la canasta. Sabiendo lo que pasaba por la mente de Luis, le agitó el brazo y habló con rapidez.

–Es su hermano, Luis. Te dije que eran gemelos.

–Ha vuelto de entre los muertos –murmuró el otro.

–No seas ridículo –desterró el escalofrío que le habían provocado las palabras de Luis–. Se llama Jonas y en realidad no es nada parecido a Jerry. Lo comprobarás cuando hables con él. Llega puntual, señor Sharpe –saludó, con la esperanza de sacar a Luis de su trance–. ¿Necesita ayuda para subir a bordo?

–Puedo arreglarme –colocó una pequeña nevera y saltó con agilidad a la cubierta–. El Expatriate –se refería a las letras escritas con precisión en el costado del barco–. ¿Es lo que es usted?

–Al parecer –era algo de lo que no se enorgullecía ni se avergonzaba–. Éste es Luis... trabaja para mí. Le acaba de dar un buen susto.

–Lo siento –Jonas miró al hombre delgado que se movía inquieto al lado de Liz. El sudor le perlaba el labio superior–. ¿Usted conoció a mi hermano?

–Trabajábamos juntos –respondió Luis con su inglés preciso y lento–. En las embarcaciones de buceo. Eran los barcos que prefería llevar Jerry –manteniendo una buena distancia con Jonas, saltó al embarcadero.

–Parece que afecto a todo el mundo de la misma manera –observó Jonas–. ¿Qué me dice de usted? ¿Aún quiere mantenerme a distancia?

Aunque ya no la hacía pensar en Jerry, la inquietaba de la misma manera.

–Nos enorgullecemos de ser amigables con todos nuestros clientes. Ha alquilado el Expatriate por el día, señor Sharpe. Póngase cómodo –le indicó una silla en la cubierta antes de subir los escalones que llevaban al puente y llamar a Luis–: Dile a Miguel que le pagaré sólo si concluye el día –se despidió con un gesto de la mano y con suavidad se dirigió hacia mar abierto.

El viento estaba tranquilo y apenas agitaba el agua. Liz podía ver las manchas oscuras que significaban arrecifes y mantuvo la velocidad baja. En cuanto salieran a aguas más profundas, aceleraría un poco. Al mediodía el sol quemaría Por ese entonces, quería a Jonas sujeto a la silla y luchando con cien kilos de pez.

–Maneja el timón con tanta suavidad como a un cliente.

Una sombra de irritación danzó en sus ojos, pero los mantuvo al frente.

–Es mi negocio. Estaría más cómodo en la cubierta, en una silla, señor Sharpe.

–Jonas. Y estoy perfectamente cómodo aquí. ¿Hace cuánto que tiene este barco?

–Casi ocho años. Es seguro –avanzó el acelerador–. Las aguas están cálidas, de modo que encontrará atunes, peces aguja y peces espada. En cuanto salgamos, podrá comenzar a lanzar los cebos. Yo mantendré la velocidad baja para que los atraiga.

–Parece aprovechar una ventaja injusta. ¿No se supone que pescar es una cuestión de suerte y habilidad?

–Para algunas personas, es una cuestión de comer o no comer –giró el timón una fracción, oteando el agua, atenta a cualquier practicante de snorkel–. Para otros, es cuestión de un trofeo más en la pared.

–A mí no me interesan los trofeos.

Giró para mirarlo y lo creyó. Decidió que no le interesaría nada que no tuviera un objetivo.

–¿Y en qué está interesado?

–Por el momento, en usted –apoyó la mano sobre la de ella y se la apartó del acelerador–. No tengo prisa.

–Pagó para pescar –dobló la mano bajo la suya.

–Pagué por su tiempo –corrigió.

Estaba lo bastante cerca como para verle los ojos más allá de las gafas de sol. Eran firmes, siempre firmes, como si supiera que podía permitirse el lujo de esperar. La mano que todavía seguía encima de la suya no era suave como había esperado, sino dura y trabajada. «No, está más que claro que no juega a la canasta», pensó otra vez. Tenis, quizá, o balonmano, o cualquier otra cosa que requiriera sudor y esfuerzo. Por primera vez en años, sintió que la recorría un veloz entusiasmo... un entusiasmo al que se había creído inmune. El viento le apartó el pelo de la cara mientras lo estudiaba.

–Entonces, ha perdido su dinero.

–Si he perdido mi dinero, no sería la primera vez. Pero, de algún modo, no creo haberlo hecho.

–No hay nada que yo pueda decirle –agitó la mano y volvió a empujar el acelerador.

–Puede que no. O puede que sepa algo sin darse cuenta. Me he dedicado al derecho penal más de diez años. La sorprendería lo importantes que pueden llegar a ser pequeños fragmentos de información. Háblеme –le apretó brevemente la mano–. Por favor.

Había creído que tenía el corazón endurecido, pero sintió que se ablandaba. Ese hombre no iba a causarle más que problemas.Y como ya lo sabía, suspiró.

–Hablaremos –cortó el motor para que el barco flotara a la deriva–. Mientras usted pesca –logró sonreír un poco al apartarse–. Sin cebo.

Con mecánica eficacia, aseguró el extremo de una caña en el soporte fijo unido a la silla.

–Por ahora, siéntese y relájese –le dijo–. A veces un pez muerde el anzuelo sin necesidad de cebo. Si captura uno, asegúrese con la correa y luche.

Jonas se sentó en la silla y se echó para atrás el sombrero.

–¿Y usted?

–Regreso junto al timón y mantengo la velocidad constante para cansarlo sin perderlo –se echó el pelo hacia atrás–. Hay puntos mejores que éste, pero no pienso desperdiciar gasolina cuando a usted le da igual capturar un pez o no.

–Es sensata. Imaginaba que lo sería.

–He de serlo.

–¿Por qué vino a Cozumel? –prescindió de la caña que tenía delante y sacó un cigarrillo.

–Lleva ya unos días aquí –contrarrestó–. No debería preguntarlo.

–Partes de su propio país son hermosas. Si lleva aquí diez años, tendría que haber sido una niña al irse de Estados Unidos.

–No, no era una niña –algo en el modo en que lo dijo lo impulsó a mirarla otra vez, buscando el secreto que mantenía más allá de sus ojos–. Vine porque parecía lo correcto. Fue lo correcto. De joven, mis padres venían aquí casi todos los años. Les encanta bucear.

–¿Se trasladó aquí con sus padres?

–No, vine sola –en esa ocasión, la voz sonó plana–.

No pagó doscientos dólares para hablar sobre mí, señor Sharpe.

–Ayuda disponer de antecedentes. Dijo que tenía una hija. ¿Dónde está?

–Va a la escuela en Houston... es allí donde viven mis padres.

Dejaba a una niña, y toda la responsabilidad, con los abuelos y vivía en una isla tropical. Podría dejarle un mal sabor de boca, pero no era algo que lo sorprendía. Dio una calada mientras estudiaba el perfil de Liz. No encajaba.

–La echa de menos.

–Muchísimo –murmuró ella–. Vendrá a casa en un par de semanas y pasaremos juntas el verano. Septiembre siempre llega demasiado pronto –la mirada se tornó introspectiva mientras hablaba–. Es lo mejor. Mis padres cuidan maravillosamente de ella y está recibiendo una educación excelente... recibe clases de piano y de ballet. Me enviaron unas fotos de un recital y... –los ojos se le llenaron de lágrimas con tanta rapidez, que fue imprevisto. Se situó de cara al viento y luchó contra ellas, pero él las había visto. Permaneció fumando en silencio para darle tiempo para recobrarse.

–¿Alguna vez vuelve a Estados Unidos?

–No –tragó saliva y se dijo que era una tonta. Era por las fotos que había recibido en el correo del día anterior y que mostraban a su pequeña con un vestido rosa.

–¿Se esconde de algo? –ella giró en redondo, las lágrimas reemplazadas por furia. Tenía el cuerpo tenso como un arco a punto de disparar. Jonas alzó una mano–. Lo siento. Tengo la costumbre de hurgar en los secretos.

Se obligó a relajarse, a contener la pasión como se había enseñado a hacer años atrás.

–Es un buen modo de perder los dedos, señor Sharpe.

Él rió entre dientes.

–Es una posibilidad. Siempre he considerado que el riesgo merecía la pena. La llaman Liz, ¿verdad?

Ella enarcó las cejas.

–Mis amigos lo hacen.

–Encaja con usted, excepto cuando intenta mostrarse distante. Entonces debería ser Elizabeth.

Le lanzó una mirada centelleante, convencida de que trataba de irritarla.

–Nadie me llama Elizabeth.

Él simplemente le sonrió.

–¿Por qué no se acostaba con Jerry?

–¿Perdón?

–Sí, decididamente es Elizabeth. Es usted una mujer hermosa de una forma más bien peculiar –lanzó el cumplido de forma casual, del mismo modo en que lanzó el cigarrillo al mar–. Jerry tenía... afición por las mujeres hermosas. No puedo entender por qué no eran amantes.

Por un momento, sólo por un momento, se le ocurrió que nadie la había llamado hermosa en mucho tiempo. En una ocasión, había necesitado palabras similares. Entonces se apoyó en la barandilla y le lanzó una mirada hostil. Pero ya no las necesitaba.

–Yo elegí no acostarme con él. Quizá le resulte difícil aceptarlo, ya que comparten la misma cara, pero no encontraba a Jerry irresistible.

–¿No? –relajado, metió la mano en la nevera y le ofreció una cerveza. Cuando negó con la cabeza, destapó una para él–. ¿Y cómo lo encontraba?

–Era un trotamundos y dio la casualidad de llegar hasta mi vida. Le ofrecí un trabajo porque tenía una mente rápida y una espalda fuerte. La verdad es que nunca esperé que durara más de un mes. Sucede con los hombres como él.

Aunque no había movido ni un músculo, Jonas no perdió ni una palabra.

–¿Los hombres como él?

–Los hombres que buscan el camino más rápido a una vida fácil. Trabajaba porque le gustaba comer, pero siempre estaba buscando el gran golpe... uno por el que no tuviera que sudar.

–Lo conocía –murmuró Jonas–. ¿Qué buscaba aquí?

–¡Le he dicho que no lo sé! Quizá sólo buscara divertirse un tiempo y tomar el sol –alzó una mano con gesto frustrado–. Lo dejé disponer de una habitación porque parecía inofensivo y me venía bien el dinero. No tuve intimidad con él en ningún plano. Lo más cerca que estuvo de hablar de lo que tramaba fue cuando alardeó de que bucearía por una fortuna.

–¿Bucear? ¿Dónde?

Luchó por retener el control y se pasó una mano por el pelo.

–Me gustaría que me dejara en paz.

–Es usted una mujer realista, ¿verdad, Elizabeth?

–Sí –afirmó con el mentón alzado.

–Entonces sabe que no lo haré. ¿Dónde iba a bucear?

–No lo sé. Apenas le prestaba atención cuando empezaba a hablar de lo rico que iba a ser.

–¿Qué decía? –preguntó con voz serena, persuasiva–. Intente retrotraerse al pasado y recordar lo que le decía.

–Dijo algo sobre hacer una fortuna buceando y yo bromeé con un tesoro hundido. Y él dijo... –se afanó por recordar la conversación. Había sido a última hora de la noche y había estado ocupada, preocupada–. Yo trabajaba en casa –recordó–. Siempre llevo mejor los libros de contabilidad por la noche. Él había estado fuera, pensé que de juerga, porque se lo veía tambaleante al llegar. Me levantó de la silla. Recuerdo que empecé a maldecirlo, pero se lo veía tan condenadamente contento, que lo dejé estar. En realidad, apenas le presté atención, porque me puse a recoger todos los papeles que había tirado, aunque mencionaba algo sobre una cosa importante y comprar champán para celebrarlo. Le dije que con lo que ganaba, lo mejor que podía hacer era ceñirse a la cerveza. Fue en ese instante cuando habló de un trato y de que bucearía por mucho dinero. Entonces yo hice un comentario sobre un tesoro hundido...

–¿Y qué dijo él?

Con el ceño fruncido, recordó la risa de él cuando le dijo que fuera a dormir la mona.

–Me hizo una insinuación que ninguno de los dos se tomó en serio, y luego... Creo que realizó una llamada. Yo volví al trabajo.

–¿Cuándo fue eso?

–Quizá una semana después de aceptar que se alojara en mi casa.

–Debió de ser cuando me llamó –Jonas clavó la vista en el mar. Se recordó que tampoco él había prestado mucha atención. Jerry había hablado de regresar a casa con estilo. Aunque siempre decía lo mismo. Y la llamada, como de costumbre, había sido a cobro revertido–. ¿Lo vio alguna vez con alguien? ¿Hablando, discutiendo?

–Jamás lo vi discutir con nadie. Coqueteaba con las mujeres en la playa, charlaba con los clientes y se llevaba bien con todos los compañeros de trabajo. Di por hecho que pasaba casi todo su tiempo libre en San Miguel. Creo que iba a algunos bares con Luis y otros compañeros.

–¿Qué bares?

–Tendrá que preguntarles a ellos, aunque estoy segura de que la policía ya lo ha hecho –respiró hondo–. Señor Sharpe, ¿por qué no deja que lo lleve la policía? Va en busca de sombras.

–Era mi hermano –y lo que es más, lo que no se podía explicar, era su gemelo. Una parte de él había sido asesinada. Si alguna vez quería volver a sentirse completo, tenía que conocer la causa–. ¿No se ha preguntado por qué mataron a Jerry?

–Por supuesto –bajó la vista a sus manos. Estaban vacías y se sentía impotente–. Pensé que quizá se había metido en una pelea. O que tal vez había alardeado ante la persona equivocada. Tenía la mala costumbre de gastarse el dinero que llevaba encima.

–No fue un robo, Elizabeth. Fue algo profesional. Fue un asunto de negocios.

El corazón de ella comenzó a martillear con lentitud.

–No entiendo.

–A Jerry lo asesinó un profesional y yo pienso averiguar por qué.

Tuvo que tragar saliva al notar la sequedad de la garganta.

–Si tiene razón, más motivo para dejárselo a la policía.

Él volvió a sacar los cigarrillos, pero clavó la vista donde el agua se unía con el cielo.

–La policía no busca venganza. Yo sí.

En la voz de él captó una paciencia serena y experimentó un escalofrío.

–Aunque encontrara a la persona que lo hizo –movió la cabeza–, ¿qué iba a hacer?

Él bebió un trago largo de cerveza.

–Como abogado, supongo que me vería obligado a que recibiera un juicio justo. Como hermano... –calló y volvió a beber–. Ya lo veremos.

–No creo que sea usted un hombre muy agradable, señor Sharpe.

–No lo soy –giró la cabeza hasta que sus ojos se encontraron–. Y no soy inofensivo. Recuerde, si le hago una insinuación, los dos nos la tomaremos en serio.

Ella fue a hablar, pero entonces vio que el sedal de la caña de pescar se ponía tenso.

–Ha capturado un pez, señor Sharpe –informó con sequedad–. Será mejor que se sujete con las correas o lo tirará por la borda.

Giró en redondo y regresó al puente, dejando a Jonas para que se arreglara solo.

III

El sol se ponía cuando Liz aparcó la moto bajo el cobertizo que había junto a su casa. Aún reía. Sin importar los problemas que Jonas le había causado, sin importar lo mucho que la había irritado en tres breves encuentros, tenía los doscientos dólares. Y él tenía un pez aguja de trece kilos... lo quisiera o no.

Había valido la pena verle la cara al encontrarse del otro extremo de un pez grande y malhumorado. Liz creía que lo habría dejado ir si ella no se hubiera tomado tiempo para una última sonrisa afectada. «Es obstinado», volvió a pensar. En cualquier otro momento, lo habría admirado.

Aunque se había equivocado al creer que no sería capaz de manejar una caña, había puesto una expresión de tanta perplejidad al tener al pez a sus pies en la cubierta, que casi le había inspirado pena. Pero la suerte de él, o la falta de suerte, según se mirara, le había permitido una escapatoria fácil en cuanto atracaron. Con toda la gente que se había acercado para mirar su captura y felicitarlo, no había podido detenerla.

Entró en la casa y mantuvo la puerta abierta para dejar entrar la brisa que ya olía a lluvia. Después de encender los ventiladores, puso la radio. La temporada de los huracanes podía estar a meses de distancia, pero las rápidas tormentas tropicales resultaban impredecibles. Había padecido suficientes como para no tomárselas a la ligera.

En el dormitorio, se preparó para desnudarse para la ducha que eliminaría el sudor del día y la sal de su piel. Como imperaba el crepúsculo, alargaba la mano hacia el interruptor de la luz cuando un pensamiento perdido la detuvo. ¿No había dejado las persianas levantadas aquella mañana? En ese momento las veía sobre el alféizar. ¿Y por qué el cordel no estaba enroscado en torno al pequeño gancho? Era maniática con esa clase de detalles, suponía que se debía a que los cabos en los barcos siempre se aseguraban.

Titubeó, incluso después de que la luz inundara la habitación. Luego se encogió de hombros. Aquella mañana debía de haber estado más distraída de lo que imaginaba. Lo achacó a Jonas Sharpe. Decidió que lo mejor sería que regresara del lugar del que había llegado y que la dejara a ella continuar con su propia vida y costumbres.

Para satisfacerse, se dirigió a la primera persiana y aseguró el cordel. Desde la otra habitación, la radio anunció una lluvia vespertina antes de que entrara la música. Tarareándola, decidió prepararse una ensalada de pollo antes de cuadrar las cuentas del día.

Al erguirse, se quedó sin aire cuando un brazo se cerró de forma compacta alrededor de su cuello. El sol moribundo atrapó un destello de plata. Antes de poder reaccionar, sintió el rápido pinchazo de la punta de un cuchillo contra su garganta.

–¿Dónde está?

La voz que siseó en su oído era hispana. En un acto reflejo, llevó las manos al brazo que tenía alrededor del cuello. Cuando clavó las uñas en él, sintió una carne dura y una fina banda metálica, jadeó en busca de aire, pero dejó de luchar cuando el cuchillo le pinchó la piel de forma amenazadora.

–¿Qué quiere? –dominada por el terror, su mente avanzó. Tenía menos de cincuenta dólares en efectivo y ninguna joya de valor salvo un collar de perlas de una hilera que le había dejado su abuela–. Mi cartera está en la mesa. Puede llevársela.

El tirón feroz que recibió en el pelo hizo que jadeara por el dolor.

–¿Dónde lo puso?

–¿Quién? No sé qué quiere.

–Sharpe. El trato queda cancelado, encanto. Si quiere vivir, dígame dónde puso el dinero.

–No lo sé –la punta del cuchillo pinchó la piel vulnerable de su cuello. Sintió que algo cálido bajaba por su piel. Supo que la histeria estaba cerca–. Jamás vi dinero alguno. Puede mirar... aquí no hay nada.

–Ya he mirado –le apretó el cuello hasta que la visión de Liz se tornó borrosa–. Sharpe murió deprisa. Usted no será tan afortunada. Dígame dónde está y no pasará nada.

Iba a matarla. El pensamiento pasó por su cabeza. Iba a morir por algo de lo que nada sabía. Faith. Al sentirse al borde de la inconsciencia, pensó en su hija. ¿Quién iba a cuidar de ella? Se mordió el labio hasta que el dolor le despejó la mente. No podía morir.

–Por favor… –se quedó laxa en sus brazos–. No puedo contarle nada. No puedo respirar.

Él aflojó levemente la prensa. Liz se apoyó en él y cuando el otro modificó la postura, lanzó el codo con todas sus fuerzas. No se molestó en girar la cabeza; corrió ciegamente. Una alfombra resbaló bajo sus pies, pero continuó a trompicones, demasiado aterrada para mirar atrás. Gritaba pidiendo ayuda cuando llegó a la puerta de entrada.

Su vecino más cercano se hallaba a cien metros de distancia. Saltó la pequeña valla que separaba los patios y corrió hacia la casa. Subió los escalones, sollozando. Incluso cuando se abrió la puerta, oyó el chirrido de unas ruedas de coche en el áspero camino de grava que había detrás.

–Intentó matarme –logró decir antes de desmayarse.

–No le puedo proporcionar más información, señor Sharpe –Moralas estaba sentado en su pulcro despacho que daba al muelle. La carpeta que tenía delante no era tan gruesa como le habría gustado. Nada en su investigación había aportado un motivo para el asesinato de Jerry Sharpe–. Me pregunto, señor Sharpe, si la muerte de su hermano fue resultado de algo que sucedió antes de que viniera a Cozumel.

–Jerry no huía al venir aquí.

Moralas ordenó los papeles.

–No obstante, hemos solicitado la colaboración de las autoridades de Nueva Orleáns. Ahí estaba la última dirección conocida de su hermano.

–Nunca tuvo una dirección –murmuró Jonas. Tampoco un trabajo convencional ni una mujer fija. Jerry había sido un cometa, siempre negándose a consumirse–. Le he dicho lo que comentó la señorita Palmer. Jerry preparaba algo y lo preparaba aquí en Cozumel.

–Sí, que tenía que ver con el buceo –siempre paciente, Moralas extrajo un cigarro fino–. Aunque ya hemos hablado con la señorita Palmer, le agradezco que nos brindara la información.

–Pero usted no sabe qué diablos hacer con ella.

Moralas encendió el mechero y le sonrió por encima de la llama.

–Es usted directo. Yo también lo seré. Si había un rastro que seguir hasta el asesinato de su hermano, se ha enfriado. Y cada día que pasa se enfría más. No había huellas, ni arma del crimen ni testigos –alzó la carpeta–. Eso no significa que pretenda tirar esto a un cajón y olvidarlo. Si hay un asesino en mi isla, tengo la intención de dar con él. Por el momento, creo que ese asesino se encuentra a kilómetros de distancia, quizá en su propio país. El procedimiento ahora es rastrear las actividades de su hermano hasta que encontremos algo. Para serle franco, señor Sharpe, no se hace a usted ni a mí ningún favor estando aquí.

–No me voy a marchar.

–Ese, desde luego, es su derecho... a menos que interfiera con la actuación policial –al oír el timbre de su escritorio, vació la ceniza en el cenicero y alzó el teléfono–. Moralas –reinó una pausa y el capitán frunció las cejas tupidas–. Sí, pásela. Señorita Palmer, aquí el capitán Moralas.

Jonas se detuvo en el acto de encender un cigarrillo y esperó. Volvió a pensar que Liz Palmer era la llave. Sólo debía descubrir en qué cerrojo encajaba.

–¿Cuándo? ¿Está herida? No, por favor, quédese donde está, iré yo –se incorporó mientras colgaba el auricular–. La señorita Palmer ha sido atacada.

Jonas llegó primero a la puerta.

–Iré con usted.

Los músculos le dolían por la tensión a medida que el coche de la policía salía de la ciudad con rumbo a la playa. En su mente, podía ver a Liz tal como había estado en el puente horas atrás... bronceada, esbelta, un poco desafiante. La facilidad con que había escapado de él nada más atracar.

La habían agredido. ¿Por qué? ¿Sería porque sabía más que lo que había estado dispuesta a contarle? Se preguntó si sería una mentirosa, una oportunista o una cobarde. Luego se preguntó si estaría herida.

Al bajar por el sendero estrecho, miró hacia la casa de Liz. La puerta estaba abierta, las persianas echadas. Vivía sola allí, vulnerable y desprotegida. Luego centró su atención en la pequeña vivienda de escayola que había junto a la de Liz. Una mujer con un vestido de algodón y un mandil salió al porche. Sostenía un bate de béisbol.

–Es la policía –asintió, satisfecha, cuando Moralas mostró su identificación–. Soy la señora Alderez. Ella está dentro. Doy gracias a la Virgen de que estuviéramos en casa cuando vino a nuestra puerta.

–Gracias.

Jonas entró con Moralas y la vio. Se hallaba sentada en un sofá remendado, inclinada hacia delante con una copa de vino en la manos. Vio que le temblaban. Despacio, ella alzó la vista cuando entraron. Los miró sin expresión en esos ojos profundos y oscuros. Con igual lentitud, volvió a concentrarse en la copa de vino.

–Señorita Palmer –con voz muy gentil, Moralas se sentó a su lado–. ¿Puede contarme qué sucedió?

Ella bebió un sorbo, apretó los labios y luego comenzó como si recitara:

–Llegué a casa a la puesta de sol. No cerré la puerta delantera. Fui directamente al dormitorio. Las persianas estaban bajadas y pensé que las había dejado levantadas por la mañana. El cordel no estaba asegurado, de modo que me acerqué y lo até. Fue en ese momento cuando me sujetó... desde atrás. Tenía el brazo alrededor de mi cuello y un cuchillo. Me cortó un poco –en un acto reflejo, alzó la mano para tocarse el arañazo de tres centímetros que su vecina ya le había limpiado y atendido–. No luché porque tenía el cuchillo en mi garganta y pensé que iba a matarme. Iba a matarme –levantó la cabeza y miró a Moralas a los ojos–. Pude percibirlo en su voz.

–¿Qué le dijo, señorita Palmer?

–Dijo: «¿Dónde está?». No sabía qué quería. Le dije que podía llevarse mi cartera. Me estaba ahogando y dijo: «¿Dónde lo puso?». Se refería a Sharpe –en esa ocasión miró a Jonas. Él pudo ver que en su garganta ya empezaban a formarse hematomas–. Dijo que el trato estaba cancelado y que quería el dinero. Si no le indicaba dónde lo guardaba, me mataría, y que no moriría deprisa, como había hecho Jerry. No me creyó cuando le repetí que no sabía nada –le habló directamente a Jonas.

Mientras ella lo miraba, él sintió que la culpabilidad crecía en su interior.

Paciente, Moralas le tocó el brazo para recuperar su atención.

–¿La soltó?

–No, iba a matarme –respondió con voz apagada, sin temor, sin pasión–. Supe que lo haría, sin importar que le contara algo o no, y mi hija... me necesita. Me derrumbé contra él como si me hubiera desmayado, luego lo golpeé. Creo que le di con el codo en la garganta. Y corrí.

–¿Podría identificarlo?

–Nunca lo vi. Jamás miré.

–Su voz.

–Hablaba en español. Creo que era bajo porque tenía su voz justo en el oído derecho. No sé nada más. No sé nada sobre un dinero, Jerry o cualquier otra cosa –volvió a clavar la vista en la copa, súbitamente aterrada de ponerse a llorar–. Quiero ir a mi casa.

–En cuanto mis hombres se cercioren de que es seguro. Tendrá protección policial, señorita Palmer. Descanse aquí. Volveré a buscarla y la llevaré a casa.

No sabía si habían pasado minutos u horas desde que huyera por la puerta delantera. Cuando Moralas la llevó de vuelta, la luna empezaba a salir. Un agente permanecería en el exterior, aparte de que se habían comprobado todas sus ventanas y puertas. Sin decir una palabra, cruzó la casa en dirección a la cocina.

–Tuvo suerte –Moralas echó otro rápido vistazo al salón–. Quienquiera que la atacara fue lo bastante descuidado como para dejarse sorprender.

–¿Los vecinos llegaron a ver algo? –Jonas enderezó una mesa que se había caído durante la huida. Había una caracola en el suelo que se había roto.

–Unas pocas personas notaron un utilitario azul fuera de la casa a última hora de la tarde. La señora Alderez lo vio irse al abrirle la puerta a la señorita Palmer, pero no pudo identificar el modelo ni la matrícula. Desde luego, mantendremos a la señorita Palmer bajo vigilancia mientras intentamos rastrear el vehículo.

–No parece que el asesino de mi hermano haya abandonado la isla.

Moralas miró a Jonas con expresión serena.

–Al parecer, sea cual fuere el trato que tenía su hermano, le costó la vida. No tengo intención de dejar que le cueste la suya a la señorita Palmer–. Lo llevaré de vuelta a la ciudad.

–No. Me quedo –Jonas examinó la caracola rosada con la grieta a lo largo de toda su extensión. Pensó en la marca que había en el cuello de Liz–. Mi hermano la involucró –con cuidado, depositó la caracola en la mesa–. No puedo dejarla sola.

–Como desee –se volvió para irse cuando Jonas lo detuvo.

–Capitán, ya no cree que el asesino se encuentre a kilómetros de distancia.

Moralas tocó el arma que colgaba en su costado.

–No, señor Sharpe, no lo creo. Buenas noches.

Jonas echó el cerrojo de la puerta, luego comprobó en persona las ventanas antes de regresar a la cocina. Liz se servía su segunda taza de café.

–Eso la mantendrá despierta.

Bebió media taza mientras lo miraba. En ese momento no sentía nada, ni furia ni miedo.

–Creía que se había ido.

–No –sin que ella lo invitara, buscó una taza y se sirvió un café.

–¿Por qué está aquí?

Se acercó y con gentileza pasó un dedo por la marca de su cuello.

–Pregunta estúpida –murmuró.

Liz retrocedió, luchando por mantener la calma a

la que se había aferrado. Si perdía el control, no sería delante de él, delante de nadie.

–Quiero estar sola.

Vio que le temblaban las manos antes de que las cerrara en torno a la taza.

–No siempre se puede tener lo que se desea. Dormiré en la habitación de su hija.

–¡No! –plantó la taza en la mesa y cruzó los brazos–. No lo quiero aquí.

Con calma estudiada, dejó la taza junto a la de ella. Con manos firmes, la tomó de los hombros. Y al hablar, lo hizo con voz firme, no suave.

–No pienso dejarla sola. Ni ahora ni hasta que encuentren al asesino de Jerry. Le guste o no, está involucrada. Y también yo, maldita sea. Quienquiera que matara a Jerry cree que usted sabe algo. Le resultará más fácil convencerme a mí de que no es así que a ellos. Es hora de que empiece a pensar en colaborar conmigo.

–¿Cómo sé que no lo envió usted para asustarme?

Clavó los ojos fríos e impasibles en los de ella.

–No lo sabe. Podría decirle que no contrato a hombres para matar mujeres, pero no tendría por qué creerlo. Podría decirle que lo siento –por primera vez, su voz se suavizó. Alzó una mano para apartarle el pelo de la cara. Como la caracola, parecía delicada, adorable y dañada–. Y que me gustaría poder irme, dejarla sola, permitir que ambos pudiéramos regresar a como estaban las cosas hace unas semanas. Pero no puedo. No podemos. Así que lo mejor sería que nos ayudáramos.

–No quiero su ayuda.

–Lo sé. Siéntese. Le prepararé algo para comer.

Ella intentó apartarse.

–No puede quedarse aquí.

–Me voy a quedar. Mañana traeré mis cosas del hotel.

–He dicho...

–Le alquilaré la habitación –interrumpió, volviéndose para inspeccionar los armarios–. Probablemente tenga la garganta sensible. Esta sopa de pollo será lo mejor.

Le arrebató la lata de la mano.

–Puedo preparar mi propia cena, y no va a alquilar la habitación.

–Le agradezco su generosidad –recuperó otra vez la lata–. Pero prefiero mantenerlo en un plano comercial. Veinte dólares por semana parece justo. Será mejor que lo acepte, Liz –añadió antes de que ella pudiera hablar–. Porque voy a quedarme, de un modo u otro. Siéntese –repitió y se puso a buscar un cazo.

Quería estar enfadada. Eso ayudaría a contener todo lo demás. Quería gritarle, expulsarlo de su casa. Pero se sentó, porque tenía las rodillas demasiado flojas para seguir sosteniéndola.

¿Qué le había pasado a su control? Durante diez años había dirigido su propia vida, tomando todas las decisiones por sí misma. Durante diez años no había solicitado consejo ni pedido ayuda. Y en ese momento, algo le había quitado de las manos la toma de decisiones y el control, algo que desconocía por completo. Su vida era parte de un juego del que desconocía las reglas.

Bajó la vista y vio que una lágrima caía en el dorso de su mano. Con rapidez se secó las mejillas. Pero no pudo detenerlas. Otra decisión que le era arrebatada.

–¿Puede comer una tostada? –preguntó Jonas al verter el contenido de la sopa en un cazo. Al no obtener respuesta, se volvió para verla rígida y pálida a la mesa, con lágrimas en la cara. Juró y se dio la vuelta otra vez. Se dijo que no había nada que pudiera hacer por ella. Nada que pudiera ofrecerle. Entonces, en silencio, se acercó a la mesa, se sentó junto a ella y esperó.

–Pensé que me iba a matar –la voz se le quebró al pegar una mano a su cara–. Sentí el cuchillo contra el cuello y pensé que iba a morir. Estoy tan asustada. Oh, Dios, estoy tan asustada.

La pegó a él y la dejó sollozar para eliminar el miedo. No estaba acostumbrado a consolar a mujeres. A las que conocía bien, eran demasiado elegantes como para derramar más que una o dos gotas delicadas. Pero la mantuvo abrazada durante una tormenta de llanto que le sacudió el cuerpo y la dejó jadeante.

Tenía la piel helada. No era capaz de recurrir al orgullo para apartarse y buscar un lugar aislado, como siempre había hecho en un momento de crisis. Él no habló para decirle que todo saldría bien; no murmuró palabras de consuelo. Simplemente, estuvo allí. Cuando Liz se quedó vacía, siguió abrazándola. La lluvia comenzó despacio, golpeando el cristal de las ventanas y resonando en el tejado. Siguió abrazándola.

Cuando ella se apartó, él se puso de pie y se acercó a la cocina. Sin decir una palabra, encendió un quemador. Minutos más tarde, depositó un cuenco delante de ella y fue a servirse otro para sí mismo. Demasiado cansada para sentirse avergonzada, Liz comenzó a comer. En la cocina no se oía ningún sonido, salvo el golpeteo monótono de la lluvia.

No había pensado que pudiera tener hambre, pero el cuenco quedó vacío casi antes de darse cuenta. Con un leve suspiro, lo apartó. Él estaba echado hacia atrás en la silla, fumando en silencio.

–Gracias.

–No pasa nada –tenía los ojos hinchados, lo que acentuaba su vulnerabilidad. Comprendió que era una mujer con la que un hombre debería mantener una distancia emocional. A partir de ese momento, iba a tener que controlarse.

–Supongo que estaba más desasosegada de lo que imaginaba.

–Tienes derecho a estarlo.

Asintió, agradecida de que le facilitara obviar lo que consideraba la exhibición de una debilidad embarazosa.

–No hay motivo para que te quedes.

–De todos modos, me quedaré.

Cerró la mano con fuerza y luego la abrió despacio. No era posible que admitiera que quería que se quedara, o que por primera vez en años, tuviera miedo de quedarse sola. Pero como no había otra salida, lo mejor era pensar en ello desde un punto de vista pragmático.

–De acuerdo, la habitación son veinte a la semana, una semana por adelantado.

Sonrió al sacar la cartera.

–¿Sólo negocios?

–No puedo permitirme otra cosa –después de dejar el dinero en la encimera, recogió los cuencos–. Tendrás que ocuparte de tu propia comida. Los veinte no la incluyen.

–Me arreglaré –la vio llevar los cuencos al fregadero y lavarlos.

–Te daré una llave por la mañana –tomó una toalla de cocina y con meticulosidad secó los platos–. ¿Crees que volverá? –trató de sonar indiferente, sin conseguirlo.

–No lo sé –se acercó a ella y apoyó una mano en su hombro–. Si lo hace, no estarás sola.

–¿Me estás protegiendo, Jonas, o buscando tu venganza?

–Hago una cosa, quizá consiga la otra –enroscó un mechón de pelo en un dedo–. Tú misma dijiste que no soy un hombre agradable.

–¿Qué eres? –susurró.

–Sólo un hombre –cuando la miró, vio que ella no lo creía–. Yo me he preguntado lo mismo de ti. Tienes secretos, Elizabeth.

Se hallaba sin aliento. En defensa, alzó la mano a la de él.

–No tienen nada que ver contigo.

–Quizá no. Quizá tú sí.

Sucedió muy despacio, tanto, que podría haberlo detenido. Sin embargo, parecía incapaz de moverse. La rodeó con los brazos y la acercó con una especie de pereza arrogante que debería haber sido su perdición. Pero Elizabeth observó fascinada cuando la boca bajó a la suya.

Acababa de pensar en él como en un hombre con capacidad para la violencia, pero sus labios eran suaves, persuasivos. Hacía tanto tiempo que no se dejaba persuadir. Casi sin presión, con la más leve insinuación de poder, le absorbió la voluntad con la que siempre había contado. No fue consciente de la dulzura e inseguridad con que la boca respondió al beso.

Fuera cual fuere el impulso que lo había guiado a besarla, se perdió en la realidad del contacto de las dos bocas. Había esperado que ella resistiera, o que respondiera con fuego y pasión. Encontrarla tan suave, tan entregada e insegura, hizo que su propio deseo se incrementara de un modo que nunca había experimentado. Pero era joven y hermosa, tenía una hija, otros hombres ya la habían abrazado de esa manera. No obstante, se sentía como el primero y no tuvo otra elección que tratarla con cuidado.

Cuanto más daba ella, más quería él. Cuanto más la abrazaba, más anhelaba hacerlo. Entendía las pasiones. Pero una parte de sí mismo que no lograba comprender se contenía, exigía comedimiento. Ella lo deseaba... podía sentirlo. Pero a pesar de que su sangre comenzaba a bullir, sus manos, como con voluntad propia, la apartaron.

Las necesidades, tanto tiempo dormidas, hirvieron en ella. Al mirarlo, sintió que cobraban vida, con todas sus exigencias y riesgos. No volvería a sucederle. Pero incluso al renovar el voto, sintió que los suaves anhelos danzaban por su cuerpo. No podía suceder otra vez. Sin embargo, los ojos muy abiertos, que no dejaban de mirarlo, reflejaban confusión, dolor y esperanza. Era una combinación que dejó aturdido a Jonas.

–Deberías dormir un poco –le dijo, teniendo cuidado de no volver a tocarla.

«Esto es todo», pensó Liz cuando el atisbo de esperanza murió. Era una necedad creer que algo podría cambiar. Alzó la barbilla e irguió los hombros. Quizá había perdido el control en muchas cosas, pero aún podía controlar su corazón.

–Por la mañana te daré un recibo por el alquiler y una llave –recogió el billete de veinte dólares que había dejado en la mesa y se marchó.

IV

Jonas permanecía quieto, respirando con rapidez. Contemplaba el conjunto de muñecas con vestidos alegres que había en la estantería al lado de la cama. Una flamenca con castañuelas. Una princesa con un zapato de cristal. Una Barbie en un descapotable rosa, con una mano alzada en saludo.

Suspiró, se pasó una mano por la cara y se sentó. Era como intentar dormir en medio de una fiesta. En la pared de enfrente había una colección de animales de peluche, que iban desde el omnipresente osito hasta algo que parecía una escoba azul con ojos.

Cerró los ojos y pensó que necesitaba café. Sin prestar atención a las docenas de caras sonrientes que lo rodeaban, se vistió. No estaba seguro de cómo o por dónde empezar. La moneda que llevaba en la cadena osciló antes de abrocharse la camisa. Ningún libro de derecho lo ayudaría en lo que tenía que hacer.

No había nada familiar, ningún precedente que seguir. Cada paso que diera, sería a ciegas, pero tendría que darlo. Olió el café en cuanto salió de la habitación.

Liz estaba en la cocina, vestida con una camiseta y lo que parecía ser la parte inferior de un biquini escueto. Por lo general, Jonas no despertaba con todas las baterías cargadas, pero no pasaba por alto un par de piernas torneadas y del color de la miel. Liz terminó de untar mantequilla en una tostada.

–El café está en la cocina –dijo sin volverse–. Hay huevos en la nevera. No guardo cereales cuando Faith no está en casa.

–Los huevos son perfectos –musitó, pero fue hacia el café.

–Usa lo que quieras, siempre y cuando lo repongas –encendió la radio para escuchar el parte del tiempo–. Me marcho en media hora, de modo que si quieres que te lleve a tu hotel, tendrás que estar listo.

Jonas dejó que el primer sorbo de café le recorriera el sistema.

–Mi coche se encuentra en San Miguel.

Liz se sentó a la mesa para repasar la agenda del día.

–Puedo dejarte en El Presidente o algún otro de los hoteles que hay en la playa. Desde allí, deberás tomar un taxi.

Bebió otro sorbo de café y se concentró plenamente en ella. Seguía pálida, de modo que las marcas de su cuello sobresalían como un relieve oscuro. Las ojeras le indicaron que no había dormido mejor que él. Se acabó la primera taza de café y se sirvió otra.

–¿Has pensado alguna vez en tomarte un día libre?

Lo miró por primera vez.

–No –repuso con sencillez, y volvió a concentrarse en la agenda.

Otra vez marcaba las distancias.

–¿No crees en concederte un descanso, Liz?

–Tengo trabajo que hacer. Será mejor que te prepares esos huevos si quieres disponer de tiempo para comértelos. La sartén está en el armario que hay junto a la cocina.

Esperó hasta tener la certeza de que le daba la espalda antes de alzar de nuevo la vista.

La noche anterior ya había quedado como una tonta. Casi podía aceptar el hecho de que se había derrumbado delante de él gracias a que Jonas lo había aceptado de forma natural. Pero cuando añadía los momentos en los que había estado en sus brazos, sumisa, dispuesta, esperanzada, no conseguía perdonarse. Ni a él.

Le había hecho sentir algo que no había experimentado en una década. Excitación. Le había hecho desear lo que se había convencido que no quería de un hombre. Afecto. No se había apartado ni lo había rechazado como había hecho con todos los hombres que habían querido abordarla. Ni siquiera lo había intentado. Había hecho que se sintiera suave otra vez, para luego rechazarla.

De modo que sólo mantendrían una relación impersonal mientras decidiera quedarse. Guardaría el dinero del alquiler de la habitación hasta que pudiera permitirse las entradas para las motos de agua.

Jonas se sentó a la mesa con un plato de huevos calientes.

–Tu llave –la deslizó hacia él–. Y el recibo por el alquiler de la primera semana.

Sin mirarlo, se guardó el papel en el bolsillo.

–¿Sueles aceptar huéspedes?

–No, pero necesito equipo nuevo –se levantó para servirse otra taza de café y lavar su plato–. ¿Y tú sueles alquilar una habitación en la casa de una desconocida en vez de la suite de un hotel?

Probó los huevos y se sintió levemente decepcionado con su habilidad culinaria.

–No, pero ya no somos desconocidos.

Lo observó por encima del borde de la taza. Parecía un poco desaliñado esa mañana. Le añadía demasiada sexualidad a su apariencia impecable. Pensó en ofrecerle una afeitadora, pero descartó la idea. Era algo demasiado personal.

–Sí, lo somos.

–Estudié Derecho en Notre Dame, fui pasante en Neiram & Barker, en Boston, luego abrí mi propio bufete en Filadelfia, hace cinco años –agregó un poco de sal con la esperanza de que los huevos supieran mejor–. Mi especialidad es el derecho penal. No estoy casado, vivo solo. En un piso –agregó–. Los fines de semana restauro una vieja casa victoriana que compré en Chadd's Ford.

Al terminar el café, se volvió para lavar la taza.

–Eso no cambia el hecho de que somos desconocidos.

–Nos conozcamos o no, tenemos el mismo problema.

La taza rebotó ruidosamente en el fregadero cuando se le escapó de los dedos. En silencio, la recogió, la enjuagó y la depositó en el escurridor. Le había saltado un trozo de cerámica, pero era una cuestión ínfima en ese momento.

–Te quedan diez minutos –anunció, pero él la tomó del brazo antes de que pudiera rodearlo.

–Tenemos el mismo problema, Elizabeth –repitió con voz serena.

Sólo por eso debería haberlo odiado.

–No, no lo tenemos. Tú intentas vengar la muerte de tu hermano. Yo trato de ganarme la vida.

–¿Crees que todo se serenaría si me encontrara en Filadelfia?

Intentó soltarse, sin éxito.

–¡Sí! –como sabía que mentía, los ojos se le encendieron.

–Una de las primeras impresiones que recibí de ti fue la de tu inteligencia. No sé por qué te escondes en tu bonita isla, Liz, pero tienes cerebro. Los dos sabemos que lo que te pasó anoche habría sucedido conmigo o sin mí.

–De acuerdo –relajó el brazo–. Lo que pasó no fue por ti, sino por Jerry. Eso apenas cambia en algo mi posición, ¿verdad?

Él se levantó despacio, pero no la soltó.

–Mientras alguien crea que sabías qué tramaba Jerry, eres el centro. Mientras seas el centro de atención, me quedaré justo a tu lado, porque directa o indirectamente, vas a conducirme al asesino de Jerry.

Liz aguardó un momento hasta estar segura de poder hablar con calma.

–¿Es eso lo único que representa la gente para ti, Jonas? ¿Instrumentos? ¿Un medio para alcanzar un fin? –lo miró a la cara y la encontró pétrea y remota–. Los hombres como tú jamás ven más allá de sus propios intereses.

Enfadado sin saber por qué, le tomó la cara con una mano.

–Nunca has conocido a un hombre como yo.

–Creo que sí –respondió con suavidad–. No eres único, Jonas. Se te educó con dinero y expectativas, fuiste a los mejores colegios y te relacionaste con la mejor sociedad. Estableciste tu objetivo y si para alcanzarlo tenías que pisar a algunas personas, no era nada personal. Eso es lo peor –suspiró–. Nunca es algo personal –alzó el mentón y le apartó la mano–. ¿Qué quieres que haga?

Jamás en la vida alguien lo había hecho sentirse tan vil. Con unas pocas palabras, lo había juzgado y condenado. Maldijo y dio media vuelta para acercarse a la ventana. No podía dar marcha atrás en ese momento, sin importar cómo lo hiciera sentir, ya que tenía razón... estuviera allí o en Filadelfia, ella era la clave.

–Necesito hablar con Luis –comenzó–. Quiero conocer los lugares a los que iba con Jerry, las personas con las que haya podido verlo charlar.

–Yo hablaré con Luis –cuando Jonas comenzó a objetar, movió la cabeza–. Ya viste su reacción ayer. No podrá hablar contigo porque lo pones demasiado nervioso. Te haré una lista.

–De acuerdo –buscó los cigarrillos y con cierta irritación descubrió que los había dejado en el dormitorio–. Necesitaré que vayas conmigo a los sitios que te mencione, empezando por esta noche.

Experimentó la poderosa sensación de adentrarse en arenas movedizas.

–¿Por qué?

Él no estaba seguro de la respuesta.

–Porque he de empezar por alguna parte.

–¿Por qué me necesitas?

Y menos aún de ésa.

–No sé cuánto tiempo requerirá, y no pienso dejarte sola.

–Tengo protección policial –indicó con una ceja enarcada.

–No es suficiente. En cualquier caso, tú conoces el idioma, las costumbres. Yo no. Te necesito –se metió las manos en los bolsillos–. Es así de sencillo.

–Nada es sencillo –corrigió–. Pero te traeré la lista y te acompañaré con una condición.

–¿Cuál?

–Que sin importar lo que pase, lo que averigües o dejes de averiguar, te marcharás de esta casa y de mi vida cuando venga mi hija. Te doy cuatro semanas, Jonas... eso es todo.

–Tendrá que ser suficiente.

Ella asintió y se dirigió a la puerta.

–Lava tus platos. Te veré fuera.

Cuando Jonas salió por la puerta, el coche de la policía aún estaba en el camino.

En ese momento la vio sacar la moto. Primero inspeccionó la máquina y luego la miró a ella. La moto habría hecho que un adolescente quedara extasiado.

–¿Conduces esa cosa?

Algo en su tono hizo que deseara sonreír. Pero mantuvo la voz fría.

–Esta cosa es un excelente medio de transporte.

–Un BMW es un excelente medio de transporte.

Liz rió. Desde que la conocía, no la había oído reír con tanta facilidad. Cuando lo miró, sus ojos eran cálidos y amigables. Jonas sintió que el suelo se movía peligrosamente bajo sus pies.

–Intenta conducir tu BMW por algunos de los caminos comarcales hasta la costa o por el interior –pasó una pierna por el asiento–. Sube, Jonas, a menos que desees hacer autostop hasta el hotel.

Aunque tenía sus dudas, se sentó detrás de ella.

–¿Dónde apoyo los pies?

Liz bajó la vista y no se molestó en esconder la sonrisa.

–Bueno, si fuera tú, los mantendría lejos del suelo –arrancó y giró la moto por el sendero. Después de adaptarse al peso adicional, estableció una velocidad constante.

Jonas mantenía las manos apoyadas levemente en sus caderas mientras la máquina se bamboleaba en los agujeros y baches del camino.

En ese momento ella hizo sonar la bocina. Jonas vio que un anciano encorvado se erguía desde la puerta de una tienda y saludaba con la mano.

–El señor Pessado –explicó–. Le da caramelos a Faith y los dos creen que yo no lo sé.

Tuvo ganas de preguntarle por su hija, pero decidió esperar un mejor momento. Mientras se mostrara expansiva, era mejor mantener las cosas en un plano menos personal.

–¿Conoces a mucha gente en esta isla?

–Supongo que es como una ciudad pequeña. No necesariamente tienes que conocer a alguien para reconocer su cara. No conozco a mucha gente en San Miguel o en la costa este. Conozco a algunas personas del interior porque trabajábamos en el hotel.

–No sabía que tu tienda estaba afiliada con el hotel.

–No lo está –se detuvo ante una señal de Stop–. Yo solía trabajar en el hotel. Como camarera –abrió el gas y atravesó el cruce.

Le miró las manos, esbeltas y delicadas sobre el manillar. Estudió los hombros finos, pensó en las caderas estrechas que tocaba en ese momento. Costaba imaginarla cargando con cubos y fregonas.

–Te habría considerado más apropiada para la recepción o la conserjería.

–Tuve suerte de encontrar trabajo, en especial

fuera de temporada –al entrar en el sendero que conducía hasta El Presidente, se dio el gusto de oler las flores–. ¿Sigue siendo hermoso por dentro? –preguntó antes de poder detenerse.

Jonas miró el edificio imponente y señorial que tenían delante.

–Mucho cristal –explicó–. Mármol. El balcón de mi habitación da al agua. ¿Por qué no pasas y lo ves por ti misma?

Experimentó la tentación. Sentía aprecio por las cosas hermosas y elegantes. Era una debilidad que no podía permitirse.

–Tengo trabajo.

Jonas bajó al bordillo, pero colocó la mano sobre la de ella antes de que pudiera irse.

–Te veré en la casa. Iremos juntos a la ciudad.

Ella asintió y puso rumbo otra vez al camino. Él la observó hasta que el sonido de la moto se perdió. Se preguntó quién era Elizabeth Palmer. Y por qué iba siendo cada vez más importante que lo descubriera.

Al finalizar la tarde, estaba cansada. Estaba acostumbrada a trabajar largas horas, pero después de un día bastante relajado, se sentía cansada. Debería haberle proporcionado seguridad que el joven policía se identificara ante ella y se uniera a los clientes en la embarcación de buceo. Debería haberla relajado saber que el capitán Moralas mantenía su palabra en lo referente a la protección. Pero lo que hacía era que se sintiera enjaulada.

Durante el regreso a casa, fue consciente del patrullero que mantenía una distancia discreta. Habría querido entrar en la casa y caer en un sueño profundo y sin sueños, pero Jonas estaba esperando. Lo encontró al teléfono del salón, con un cuaderno de notas y ceñudo. Sin prestarle atención, fue a darse una ducha y a cambiarse.

Sin mucho entusiasmo, sacó una falda azul de algodón y la acompañó con una amplia camisa roja. Más para prolongar el tiempo a solas que por otro motivo, jugó con el maquillaje. Ganaba tiempo peinándose, cuando Jonas llamó a la puerta. No le dio tiempo a contestar antes de abrirla.

¿Has conseguido la lista?

Liz recogió un trozo de papel. Desde luego, podía recriminarle haber entrado, pero el resultado final no cambiaría.

–Te dije que lo haría.

Él aceptó el papel y lo estudió. Se había afeitado y llevaba una chaqueta elegante sobre unos pantalones color hueso. Pero eso no encajaba con la dureza que había alrededor de su boca y sus ojos.

–¿Conoces estos lugares?

–He estado en un par de ellos. En realidad, no dispongo de mucho tiempo para frecuentar los bares o los clubes.

Se guardó el papel en el bolsillo y miró en torno a la habitación.

–¿Estás lista?

–Necesito los zapatos.

No se marchó tal como ella había esperado, sino que se puso a recorrer el cuarto. Igual que el resto de la casa, tenía unos muebles sencillos pero exhibía tonos fuertes. En la pared había unos dibujos de colores, uno de un crepúsculo muy similar al que se veía más allá de la ventana, y otro de una playa sacudida por la tormenta. Uno era todo serenidad, el otro todo violencia. Se preguntó qué porcentaje de cada cual anidaba en el interior de Elizabeth Palmer. En un lugar prominente junto a la cama, había una fotografía enmarcada de una joven.

Sonreía enfundada en una blusa florida. El cabello le llegaba hasta una curva a la altura de la mandíbula, negro y lustroso. Le faltaba un diente, lo que añadía encanto al rostro oval y bronceado. De no haber sido por los ojos, jamás habría relacionado a la niña con Liz. Eran de un castaño rico e intenso, un poco rasgados. No obstante, eran risueños, abiertos y confiados, sin contener ninguno de los secretos de la madre.

–Es tu hija.

–Sí –se puso el segundo zapato antes de quitarle la foto de la mano y dejarla otra vez sobre la mesilla.

–¿Cuántos años tiene?

–Diez. ¿Podemos empezar? No quiero estar fuera tarde.

–¿Diez? –un poco aturdido, la detuvo con la mirada. Había dado por hecho que Faith tendría la mitad de esa edad, que era producto de una relación que Liz había mantenido estando en la isla–. No puedes tener una hija de diez años.

–Tengo una hija de diez años –repuso, mirando la foto.

–Tú misma no habrías sido más que una cría.

–No. No lo era –comenzó a marcharse, y otra vez él la detuvo.

–¿Nació antes de que vinieras aquí?

Le dedicó una mirada prolongada y neutral.

–Nació seis meses después de que me trasladara a Cozumel. Si quieres mi ayuda, Jonas, nos marcharemos ahora. Contestar preguntas acerca de Faith no forma parte de nuestro acuerdo.

Pero él no le soltó la mano. Tal como podía suceder de forma inesperada, su voz sonó gentil.

–Fue un canalla, ¿no es verdad?

Lo miró a los ojos sin pestañear. Sus labios se curvaron, pero no con humor.

–Sí. Desde luego que lo fue.

Sin saber por qué experimentó ese impulso, se inclinó y le rozó los labios con los suyos.

–Tu hija es preciosa, Elizabeth. Tiene tus ojos.

Ella sintió que volvía a suavizarse, demasiado y deprisa. En la voz de él había comprensión sin compasión. Nada podía debilitarla más. En un acto de defensa propia, dio un paso atrás.

–Gracias. Ahora hemos de irnos. Mañana tengo que levantarme temprano.

El primer club al que fueron era ruidoso y mostraba un alto porcentaje de clientela estadounidense.

En un reservado de un rincón, un hombre con una ceñida camiseta blanca ponía discos y anunciaba cada selección con una exhibición de luces. Además de copas, pidieron una cena rápida mientras Jonas esperaba que alguien mostrara alguna reacción a su cara.

–Luis dijo que venían mucho aquí porque a Jerry le gustaba oír música americana –mordisqueó unos nachos calientes mientras miraba alrededor. No era el tipo de lugar que normalmente elegiría para pasar una velada. Las mesas estaban pegadas y la música aturdía. No obstante, la gente parecía bastante agradable.

Jonas decidió que era el tipo de ambiente que le gustaba a Jerry. Estridente, con un toque salvaje y lleno casi hasta reventar.

–¿Comentó Luis si hablaba con alguien en particular?

–Mujeres –sonrió un poco mientras probaba una tortilla–. Quedó muy impresionado con la capacidad que tenía Jerry de... interesar a las damas.

–¿Alguna en particular?

–Comentó que había una, pero que Jerry la llamaba nena.

–Un viejo truco –comentó Jonas distraído.

–¿Truco?

–Si a todas las llamas nena, no mezclas nombres ni complicas la situación.

–Comprendo –bebió vino y le encontró un sabor delicado.

–¿Podría describirla Luis?

–Sólo que era un bombón... un bombón mexicano, si eso ayuda en algo. Tenía mucho pelo y muchas caderas. Palabras de Luis –añadió cuando Jonas le dedicó una mirada curiosa–. También mencionó que había un par de hombres con los que Jerry habló un par de veces, pero era siempre él quien iba a buscarlos, de modo que no sabe de qué hablaban. Uno era estadounidense, el otro mexicano. Como Luis estaba más interesado en las chicas, no prestó ninguna atención. Pero sí dijo que Jerry recorrería los bares hasta encontrarse con ellos, y que por lo general luego ponía fin a la noche.

–¿Los vio alguna vez aquí?

–Comentó quc daban la impresión de no estar nunca en el mismo sitio dos veces.

–De acuerdo, termina tu comida. Nos dedicaremos a recorrer los locales.

En la cuarta parada, Liz estaba harta. Algunos sitios eran tranquilos, casi desiertos, otros estridentes e iluminados con luces centelleantes. Las caras comenzaron a confundirse. Vio a personas que sólo parecían tener tiempo y dinero y a otras que estaban solas, acompañadas por una botella y de malhumor.

–Éste es el último –dijo cuando Jonas encontró una mesa en un club con una pista de baile llena y música grabada.

Él miró el reloj. Apenas eran las once. La acción rara vez comenzaba antes de la medianoche.

–De acuerdo –aceptó y decidió distraerla–. Bailemos.

Antes de que pudiera negarse, la había arrastrado hacia la multitud.

–No hay espacio –comenzó, pero Jonas la rodeó con los brazos.

–Nos lo haremos –la tenía cerca, con la mano en la espalda–. ¿Lo ves?

–Hace años que no bailo –musitó ella y Jonas rió.

–De todos modos, no hay espacio –pegados, empujados por la muchedumbre, no hacían otra cosa que oscilar.

–¿Qué sentido tiene todo esto? –demandó Liz.

–No lo sé hasta que lo averigüe. Mientras tanto, ¿nunca te relajas? –volvió a acariciarle la espalda y encontró los músculos tensos.

–No.

–Probemos con otro enfoque –mientras hablaba, con la vista recorría a la multitud–. ¿Qué haces cuando no trabajas?

–Pienso en el trabajo.

–Liz.

–De acuerdo. Leo... principalmente, libros sobre vida marina. Es lo que me interesa.

El cuerpo se acopló íntimamente al de él. Jonas olvidó vigilar a la multitud y la miró.

–¿*Sólo* eso te interesa?

Estaba demasiado cerca. Trató de apartarse y descubrió que sus brazos eran muy sólidos. A pesar de la determinación de permanecer indiferente, el corazón le palpitaba con fuerza.

–No tengo tiempo para otra cosa.

Se preguntó si el cuerpo de Liz sería tan delicado como parecía pegado a él.

–Suena como si te pusieras límites.

–He de dirigir un negocio –murmuró. Se preguntó si sería igual si volviera a besarla. Dulce, abrumador. Tenía los labios cerca de los suyos, más cerca aún cuando le pasó la mano por el pelo y le echó la cabeza atrás. Casi pudo saborearlo.

–¿Tan importante es ganar dinero?

–Tiene que serlo –logró responder, aunque casi no recordó por qué–. Necesito comprar algunas motos acuáticas.

–¿Motos de agua?

–Si no me mantengo a la altura de la competencia... –él le dio un beso en la comisura de los labios.

–¿La competencia?

–Yo... los clientes se irán a otra parte. De modo que... –él buscó la otra comisura.

–¿Y?

–He de comprarlas antes de la temporada de verano.

–Claro. Pero para eso faltan semanas. Podría hacerte el amor docenas de veces antes de eso. Docenas –repitió mientras ella lo miraba. Luego cerró la boca sobre la suya.

La sintió sobresaltarse con sorpresa, resistencia, pasión... no pudo estar seguro. Por naturaleza, era un hombre que prefería su pasión en privado, en lugares tranquilos de su propia elección. En ese momento se olvidó del club atiborrado, de la música alta y de las luces centelleantes. Ya no oscilaban, estaban en un rincón de la pista, rodeados, pegados. Ajenos a todo.

Ella sintió que la cabeza le flotaba, oyó que la música desaparecía. El calor del cuerpo de él penetró en el suyo y disfrutó del beso. Encendido, abrasador. Aunque estaban perfectamente quietos, Liz tuvo visiones de correr. El cuerpo, tensó como un muelle, se quedó laxo en una oleada de placer confuso. Se pegó más a él y alzó las manos para tocarle la cara. De pronto la música cambió de atmosférica a estruendosa. Jonas la apartó de unos brazos que se movían descontrolados.

–Mala sincronización –murmuró.

–Sí –aunque se refería a algo más general. No era una cuestión de tiempo y lugar, sino de imposibilidad. Comenzó a apartarse cuando Jonas la frenó–. ¿Qué sucede? –empezó, pero sólo tuvo que mirarle la cara.

Con cautela, se volvió para ver lo que él miraba. Una mujer con un vestido rojo escueto le devolvía el escrutinio. Liz reconoció la conmoción en los ojos de ella antes de que se diera la vuelta y huyera, dejando a su pareja de baile boquiabierto.

–Vamos –sin esperarla, Jonas corrió entre la multitud.

Esquivando y empujando cuando era necesario, Liz fue tras él.

La mujer apenas había llegado a la calle cuando Jonas la alcanzó.

–¿De qué huyes? –exigió saber. Clavó los dedos en su brazo mientras la plantaba contra una pared.

–Por favor, no comprendo –murmuró, temblando como una hoja.

–Oh, sí, creo que comprendes –con los dedos clavados en el brazo, se acercó a ella hasta que casi chilló de miedo–. ¿Qué sabes de mi hermano?

–Jonas –consternada, Liz se interpuso entre ellos–. Si éste es el modo en que piensas comportarte, lo harás sin mi ayuda –le dio la espalda y tocó el hombro de la mujer–. Lo siento mucho –se disculpó por él–. Ha perdido a su hermano. Su hermano, Jerry Sharpe. ¿Lo conocías?

Miró a Liz y susurró:

–Tiene la cara de Jerry. Pero está muerto... Lo vi en el periódico.

–Es el hermano de Jerry, Jonas. Nos gustaría hablar contigo.

Igual que le había sucedido a Liz, la mujer ya había percibido la diferencia entre Jonas y el hombre que ella había conocido.

–No sé nada.

–Por favor, sólo unos minutos.

–Dile que se lo compensaré –añadió Jonas antes de que la joven pudiera volver a negarse. Sin esperar que Liz lo tradujera, sacó la cartera y extrajo un billete. Vio que el miedo se tornaba en especulación.

–Unos minutos, nada más –aceptó, pero señaló hacia la terraza de una cafetería–. Allí.

Jonas pidió dos cafés y una copa de vino.

–Pregúntale cómo se llama –le dijo a Liz.

–Hablo inglés –la mujer sacó un cigarrillo muy

largo y fino y le dio unos golpecitos sobre la mesa–. Me llamo Erika. Jerry y yo éramos amigos –más relajada, le sonrió a Jonas–. Ya sabes, buenos amigos.

–Sí, lo sé.

–Era muy atractivo –añadió, luego se mordió el labio inferior–. Muy divertido.

–¿Hacía cuánto que lo conocías?

–Un par de semanas. Lo lamenté cuando me enteré de que había muerto.

–Lo asesinaron –indicó Jonas.

Erika bebió un sorbo largo de vino.

–¿Crees que fue por el dinero?

Todos los músculos del cuerpo de Jonas se tensaron. Con rapidez, le lanzó una mirada de advertencia a Liz antes de que pudiera hablar.

–No lo sé... eso parece. ¿Cuánto te contó al respecto?

–Oh, lo suficiente para intrigarme. Ya sabes –volvió a sonreír y extendió el cigarrillo para que se lo encendiera–. Jerry era muy encantador. Y generoso –recordó la pequeña pulsera de oro que le había comprado y los pendientes con las bonitas piedras azules–. Pensé que era muy rico, pero comentó que no tardaría en ser aún más rico. Me gustan los hombres encantadores, pero en especial me gustan los hombres ricos. Jerry dijo que cuando tuviera el dinero, podríamos hacer un viaje –expelió el humo antes de encogerse de hombros de forma filosófica–. Luego murió.

Jonas la estudió mientras se bebía el café. Era, tal

como había indicado Luis, un bombón. Y no era estúpida. También estaba seguro de que su mente sólo se concentraba en un punto, en un único punto.

–¿Sabes cuándo se suponía que iba a recibir el dinero?

–Claro, tenía que pedir permiso en el trabajo si nos íbamos a ir. Me llamó... fue el domingo. Estaba muy entusiasmado. «Erika», dijo, «he ganado el gordo». Yo estaba un poco enfadada porque no había aparecido el sábado por la noche. Me contó que había tenido que hacer unos negocios rápidos en Acapulco y me preguntó si me gustaría pasar unas semanas en Montecarlo –le dedicó una sonrisa seductora a Jonas–. Decidí perdonarlo. Hice las maletas –añadió, soltando el humo por encima del hombro de Jonas–. Se suponía que nos iríamos el martes por la tarde. El lunes por la noche vi en los periódicos que estaba muerto. No mencionaban nada del dinero.

–¿Sabes con quién hacía negocios?

–No. A veces hablaba de otro americano, un hombre delgado con el pelo claro. En otras ocasiones veía a un mexicano. No me gustaba... tenía *mal ojo*.

–¿Puedes describirlo? –pidió Liz.

–No era guapo –comentó como al descuido–. Tenía la cara picada. Llevaba el pelo largo por atrás y era muy flaco y bajo –volvió a mirar a Jonas con una sonrisa seductora que encendió la atmósfera–. Me gustan los hombres altos.

–¿Sabes cómo se llama?

–No. Pero se vestía muy bien. Buenos trajes, buenos zapatos. Y llevaba una pulsera de plata en una muñeca. Era muy bonita. ¿Crees que sabe lo del dinero? Jerry comentó que era mucho dinero.

Jonas simplemente sacó su cartera.

–Me gustaría averiguar su nombre –le dijo y depositó un billete de cincuenta dólares en la mesa. Su mano se cerró sobre la de ella cuando quiso recogerlo–. Su nombre y el del americano. No me ocultes información, Erika.

Con un movimiento de cabeza, se guardó los cincuenta.

–Averiguaré los nombres. Cuando te los dé, serán otros cincuenta.

–Cuando me los des –escribió el número de teléfono de Liz detrás de una de sus tarjetas–. Llama a este número cuando tengas algo.

–De acuerdo –se guardó los cincuenta en el bolso mientras se levantaba–. ¿Sabes?, no te pareces tanto a Jerry como pensaba –cruzó la calle y regresó al club.

–Es un comienzo –murmuró Jonas al apartar el café. Cuando alzó la vista, vio que Liz lo estudiaba–. ¿Algún problema?

–No me gusta cómo trabajas.

Él dejó otro billete sobre la mesa y se puso de pie.

–No tengo tiempo para perderlo en cortesías.

–¿Qué habrías hecho si no la hubiera calmado? ¿Arrastrarla a un callejón para sacarle la información a golpes?

Sacó un cigarrillo y luchó por contenerse.

–Vayamos a casa, Liz.

–Me pregunto si eres diferente de los hombres a los que buscas –se apartó de la mesa–. Por cierto, el hombre que entró en mi casa y me atacó, llevaba una pulsera fina en la muñeca. La sentí cuando sostuvo el cuchillo contra mi cuello –él dejó de mirar la punta encendida del cigarrillo y clavó la vista en los ojos de ella–. Creo que, llegado el momento, podríais reconoceros.

–Comprobad siempre los medidores –instruyó Liz, mostrándolo en su propio equipo–. Cada uno de estos medidores es vital para vuestra seguridad cuando buceáis. Es así tanto si se trata de vuestra primera inmersión como de la cincuenta. Es muy fácil quedar fascinado por los peces y el coral, y por la propia sensación de bucear, como para olvidar que dependéis de vuestro tanque de oxígeno. Cercioraos siempre de iniciar la ascensión mientras aún os quedan cinco o diez minutos de aire.

Decidió que había cubierto todo en la lección de una hora. Como continuara, sus estudiantes estarían demasiado impacientes para prestar atención. Era hora de permitirles probar por lo que pagaban.

–Nos sumergiremos como un grupo. Algunos querréis explorar por vuestra cuenta, pero recordad, nadad siempre en parejas. Como última precaución, comprobad el equipo del buceador que tenéis al lado.

Se puso el cinturón de lastre mientras su grupo de novatos seguía las instrucciones. Siempre recalcaba los elementos de seguridad, para que cualquiera que se sumergiera bajo su supervisión supiera qué pasos necesitaba dar en cualquier circunstancia. A menudo los accidentes de buceo se debían a los descuidos. Liz jamás era descuidada consigo misma ni con sus estudiantes. La mayoría hablaba entusiasmada mientras se ponía los tanques.

–Este grupo está muy verde –comentó Luis mientras subía su propio tanque.

–Sí –lo ayudó con las correas–. Mantén un ojo en la pareja que está de luna de miel, Luis. Están más interesados en el otro que en los reguladores.

–No hay problema –la ayudó con el tanque, luego retrocedió mientras ella se ajustaba las correas–. Pareces cansada, pequeña.

–No, estoy bien.

–¿Seguro? No pareces bien. Me tienes preocupado.

Enarcó una ceja mientras se acoplaba el cuchillo de buceo.

–Eres muy amable.

–Hablo en serio.

–No hace falta que te preocupes –mientras se ponía la máscara, miró al policía robusto y de aspecto paternal que ese día era su guardaespaldas–. La policía lo tiene todo bajo control –afirmó, esperando que fuera cierto–. La profundidad aquí es de diez metros –le comunicó al grupo en general–. Recordad realizar los ajustes de presión y gravedad a medida que descendéis. Por favor, mantened al grupo a la vista en todo momento –con una fluidez innata, se sentó en la cubierta y se dejó caer al agua.

Con Luis en la cubierta y ella en el agua a unos metros, esperaron hasta que todos los estudiantes se metieron en el mar. Se ajustó la máscara y se sumergió.

Siempre le había encantado la sensación de ingravidez, la fantasía de no tener impedimentos, de ser invulnerable. Desde cerca de la superficie, el suelo marino era una manta blanca. Se demoró allí unos momentos, disfrutando de la vista. Luego, con una patada fácil, bajó con sus estudiantes.

Los recién casados iban de la mano y disfrutaban del momento de sus vidas. Liz se recordó no perderlos de vista. El policía asignado a ella nadaba como una tortuga de mar somnolienta. Él no la perdería de vista. Casi todos los demás permanecían en un grupo compacto, fascinados pero cautelosos. Con un movimiento fluido, se puso de espaldas para quedar de cara a la superficie. El sol penetraba débilmente a través del agua. El casco del barco de buceo era visible.

Era un mundo que entendía tan bien, o quizá mejor, que el de la superficie. Allí, en el silencio, a menudo encontraba la paz mental que la esquivaba en la vida cotidiana. Los nombres científicos de los peces y formaciones que pasaban no le eran desconocidos. En una ocasión los había estudiado con diligencia, con sueños de solucionar misterios y trasladar la belleza del mundo del mar a otros. Ésa había sido otra vida. En ese momento guiaba a los turistas y les proporcionaba, por tarifas por hora, algo memorable para llevarse a casa después de unas vacaciones. Era suficiente.

Durante la inmersión de treinta minutos, rodeó al grupo, observando a cada buceador. Una vez que la lección llegó a su fin, quedó satisfecha de que sus clientes hubieran recibido aquello por lo que habían pagado. Lo pudo verificar al emerger.

–¡Maravilloso! –exclamó un hombre de negocios británico en su primer viaje a México mientras trepaba a la cubierta. Tenía la cara roja por el sol, pero no parecía importarle–. ¿Cuándo podemos volver a sumergirnos?

Riendo, ayudó a los otros pasajeros a subir a bordo.

–Hay que equilibrar el tiempo de inmersión con el tiempo en la superficie. Pero volveremos a bajar.

La ametrallaron a preguntas y ella las contestó todas. Notó que un americano flaco que se había quedado cerca de ella estaba sentado a solas, con una leve sonrisa en la cara. Liz rodeó el equipo y se sentó junto a él.

–Lo has hecho bien.

–¿Sí? –pareció un poco aturdido al encogerse de hombros–. Me ha gustado, pero debo reconocer que me sentí mejor sabiendo que estabas allí. Desde luego, sabes bien lo que haces.

–Llevo mucho tiempo en esto.

Él se echó para atrás y se bajó la cremallera del traje de neopreno hasta la cintura.

–No pretendo ser curioso, pero eres americana, ¿verdad?

Ya se lo habían preguntado con anterioridad. Se pasó los dedos por el pelo húmedo.

–Así es.

–¿De dónde?

–Houston.

–¿De verdad? –los ojos se le iluminaron–. Diablos, yo fui a la universidad en Texas. Texas A & M.

–¿Sí? –el pequeño aguijón de ansiedad que sintió rara vez aparecía y se iba–. Yo también, una temporada.

–El mundo es un pañuelo –afirmó él, complacido consigo mismo–. Tengo unos buenos amigos en Houston –estiró las piernas largas y delgadas, un poco más pálidas que los brazos pero que empezaban a broncearse–. De modo que fuiste a Texas A & M.

–Sí.

–¿Y qué estudiaste?

–Biología marina –sonrió y miró hacia el mar.

–Supongo que es lógico.

–¿Y tú?

–Contabilidad –volvió a sonreír–. Una carrera bastante árida. Por eso me tomo un prolongado descanso después de la época de la declaración de la renta.

–Pues has elegido un lugar estupendo donde tomártelo. ¿Listo para sumergirte otra vez?

Él respiró hondo, como para serenarse.

–Sí. ¿Qué te parece si tomamos una copa cuando volvamos?

Era atractivo de un modo manso, bastante agradable. Le dedicó una sonrisa de disculpa al levantarse.

–Suena estupendo, pero estoy ocupada.

–Me quedaré un par de semanas. ¿En alguna otra ocasión?

–Tal vez. Comprobemos tu equipo.

Cuando la embarcación llegó a la costa, la tarde comenzaba a menguar. Sus clientes, la mayoría satisfechos, se marcharon para cambiarse para ir a cenar o a pasear por la playa. Sólo unos pocos se demoraron cerca del barco, incluido su guardaespaldas y el contable de Estados Unidos. De pronto pensó que quizá había sido un poco brusca con él.

–Espero que lo hayas pasado bien...

–Scott. Scott Trydent. Y así ha sido. Puede que repita.

Liz le sonrió mientras ayudaba a Luis y a otros empleados a descargar la embarcación.

–Para eso estamos.

–Mmmm... ¿alguna vez das clases privadas?

Captó la mirada. Quizá no había sido lo bastante brusca.

–En ocasiones.

–Entonces, tal vez podríamos...

–Eh, encanto.

Liz se protegió los ojos.

–Señor Ambuckle.

Se hallaba en el pequeño pasaje peatonal, con las piernas abultándole por debajo del traje de neopreno de pantalones cortos. El pelo que aún tenía estaba peinado hacia atrás. A su lado, su esposa se erguía enfundada en un bañador diseñado para reducir las caderas anchas.

–¡Acabamos de llegar! –gritó–. Hemos disfrutado de un día entero de buceo.

Parecía enormemente satisfecho consigo mismo. Su esposa miró a Liz y puso los ojos en blanco.

–Quizá debería llevarlo como parte de la tripulación, señor Ambuckle.

Él rió y se palmeó el costado.

–Supongo que preferiría bucear antes que cualquier otra cosa –miró a su mujer y le dio una palmadita en el hombro–. Casi. He de cambiar estos tanques, encanto, por unos nuevos.

–¿Va a salir otra vez?

–Esta noche. No he podido convencer a mi mujer de que me acompañe.

–Me voy a meter en la cama con un buen libro –la informó a Liz–. Sólo quiero ver el agua en la bañera.

Con una carcajada, Liz saltó al pasaje.

–En este momento, yo siento lo mismo. Oh, señor y señora Ambuckle, les presento a Scott Trydent. Acaba de realizar su primera inmersión.

–Vaya –expansivo, Ambuckle le dio una palmada–. ¿Le ha gustado?

–Bueno, yo...

–No hay nada igual, ¿verdad? Tiene que probarlo de noche, muchacho. Es completamente diferente.

–Estoy seguro, pero...

–He de cambiar estos tanques –después de darle otra palmada, cargó las bombonas y se dirigió hacia la tienda.

–Está obsesionado –comentó la señora Ambuckle,

mirando al cielo–. No deje que empiece con usted, señor Trydent. O no conocerá un momento de paz.

–No, no lo haré. Encantado de conocerla, señora Ambuckle –divertido, la observó regresar al hotel–. Vaya pareja.

–Desde luego –Liz alzó sus propios tanques. Los guardaba separados del equipo de alquiler–. Adiós, Scott.

–Con respecto a esa copa... –insistió él.

–Gracias de todos modos –repuso con amabilidad y lo dejó de pie en el paseo–. ¿Todo guardado? –le preguntó a Luis al entrar en la tienda.

–Lo estoy comprobando. Uno de los reguladores no va muy bien.

–Déjalo a un lado para que José le eche un vistazo –por costumbre, fue a la parte de atrás para rellenar sus tanques antes de guardarlos–. Todos los barcos han llegado, Luis. Ya no deberíamos tener mucho más negocio por hoy. Los demás y tú podéis marcharos en cuanto hayáis comprobado todo. Yo cerraré.

–No me importa quedarme.

–Ya cerraste anoche –le recordó–. ¿Qué quieres? –le sonrió por encima del hombro–. ¿Horas extras? Vete a casa, Luis. No puedes decirme que no tienes una cita.

–De hecho... –se pasó un dedo por el bigote.

Riendo entre dientes, Liz se incorporó. Vio a Ambuckle atravesar la arena con sus bombonas nuevas.

–Pues ve a arreglarte. Yo sólo tengo una cita con los libros de contabilidad.

–Trabajas demasiado –musitó Luis.

Sorprendida, se volvió hacia él.

–¿Desde cuándo?

–Desde siempre. Empeora cada vez que envías a Faith al colegio. Sería mejor si ella estuviera aquí.

Que su voz sólo se enfriara una fracción era señal del afecto que sentía por Luis.

–No, es feliz en Houston con mis padres. Si creyera que no lo era, no estaría allí.

–Es feliz, sí. Pero ¿y tú?

Frunció el ceño mientras recogía las llaves de un cajón.

–¿Parezco infeliz?

–No –con indecisión, le tocó un hombro. La conocía desde hacía años y entendía que había límites que no permitiría que nadie cruzara–. Pero tampoco pareces feliz. ¿Cómo es que no le das una oportunidad a ninguno de esos turistas americanos? Al que iba en el barco se le saltaban los ojos cada vez que te miraba.

La exageración la hizo reír y le palmeó la mejilla.

–¿Así que crees que un rico turista americano es el camino a la felicidad?

–Tal vez un mexicano atractivo.

–Lo pensaré... cuando termine el verano. Vete a casa –ordenó.

–Me voy –se puso una camiseta–. Ten cuidado con ese Jonas Sharpe –añadió–. Tiene una mirada diferente.

–Hasta luego –lo despidió.

Cuando la tienda quedó vacía, se puso a contemplar la playa. La gente iba en parejas. Se preguntó si sería una sensación grata y fácil ser la mitad de un conjunto. O si automáticamente se perdía parte de uno al unirse a otro.

Siempre había visto a sus padres como personas independientes, pero cuando pensaba en uno, el otro no tardaba en aparecer en su mente. ¿Sería reconfortante saber que podías alargar la mano y otra persona la tomaría?

De pronto recordó lo dura y lo fuerte que había sido la de Jonas. No, él no haría que una relación resultara algo cómodo. Estar unida a él sería exigente, incluso aterrador. Una mujer debía ser lo bastante fuerte como para mantenerse intacta, y lo bastante suave como para poder fundirse. Una relación con Jonas sería un riesgo que jamás se mitigaría.

Las circunstancias los habían unido temporalmente, pero ambos debían ocuparse de sus propias realidades. Sin embargo, experimentó una sensación de pesar y una agitación de sus deseos.

Se concentró en los pequeños detalles que necesitaban atención antes de que pudiera cerrar. Trasladó el papeleo y el contenido de la caja al maletín. Tendría que desviarse de su camino para realizar un depósito nocturno, pero ya no se sentía segura llevándose a casa el efectivo o los cheques. Dedicó unos minutos más a rellenar un formulario de depósito.

No fue hasta recoger las llaves otra vez cuando recordó sus bombonas. Metió el maletín bajo el mostrador y se volvió para ocuparse de su equipo.

Después de dar dos pasos, volvió a mirar las llaves. Sin saber muy bien por qué, movió cada una por el llavero y la identificó.

La de la puerta de la tienda, la del escaparate, la de la moto, la del cierre de la cadena, la de la caja registradora, las de las puertas delantera y trasera de la casa, la del almacén. Ocho llaves para ocho cerrojos. Pero en el llavero había una más, una pequeña llave plateada que no significaba nada para ella.

Desconcertada, volvió a reconocerlas y una vez más encontró otra adicional. ¿Por qué había una llave que no le pertenecía en su llavero? Cerró los dedos sobre ella y trató de pensar si alguien le había dado una para que se la guardara. No, no tenía sentido. Era demasiado pequeña para ser de un coche. Parecía de una taquilla, o de una caja o... Era ridículo. No era su llave pero se trataba de su llavero. ¿Por qué?

Porque alguien la había puesto allí. Volvió a abrir la mano. A menudo echaba sus llaves en el cajón de la tienda para que estuvieran disponibles para Luis o cualquier otro empleado de la tienda. Tenían que abrir la caja registradora. Y a menudo Jerry había trabajado solo en el local.

Con una sensación de miedo, se las guardó en el bolsillo. Las palabras de Jonas reverberaron en su mente. «Le guste o no, está involucrada».

Jonas entró en el bar en penumbra y se encontró con olor a ajo y una canción que salía de un aparato de música a monedas. Alguien cantaba en español sobre un amor interminable. Cuando sus ojos se adaptaron a la luz, recorrió los estrechos reservados. Tal como habían acordado, Erika estaba sentada en el del fondo.

–Llegas tarde –dijo y encendió un cigarrillo cuando se reunió con ella.

–Lo pasé por alto la primera vez. Este sitio no figura en la ruta turística.

–Quería privacidad –musitó mientras también él encendía un cigarrillo.

Jonas miró alrededor. Había dos hombres en la barra, cada uno concentrado sobre botellas distintas. Otra pareja se hallaba apretujada en un solo lado de un reservado. El resto del bar se encontraba desierto.

–La tienes.

–Pero no tengo una copa.

Él se levantó del asiento y fue a comprar dos copas al bar. Puso un tequila con lima delante de ella y para él un agua con gas.

–Dijiste que tenía algo para mí.

–Dijiste que pagarías cincuenta por un nombre.

En silencio, Jonas sacó su cartera. Dejó un billete de cincuenta en la mesa, pero posó la mano encima.

–¿Tienes el nombre?

Erika sonrió y bebió de su copa.

–Es posible. Y es posible que lo desees tanto que pagues otros cincuenta.

La estudió con frialdad. Ése era el tipo de mujer por el que su hermano siempre se había sentido atraído. La clase de mujer cuyo borde duro era un poco demasiado obvio. Podía darle otros cincuenta, pero no tenía ganas de que se aprovechara de él. Sin decir una palabra, recogió el billete y se lo guardó en el bolsillo. Casi se había incorporado cuando Erika lo agarró del brazo.

–De acuerdo, no te enfades. Cincuenta –le dedicó una sonrisa fácil cuando se volvió a sentar–. Una chica ha de ganarse la vida, ¿no? El nombre es Pablo Manchez.

–¿Dónde puedo encontrarlo?

–No lo sé. Te he dado el nombre.

Jonas asintió, sacó el billete y se lo pasó. Erika lo guardó con meticulosidad en el bolso.

–Te diré algo más, porque Jerry era un chico dulce –volvió a recorrer el bar con la mirada antes de adelantar el torso–. Ese tal Manchez es malo. La gente se puso nerviosa cuando pregunté por él. He oído que el año pasado estuvo metido en un par de asesinatos en Acapulco. Se le paga, ¿sabes?, para... –hizo el gesto de una pistola con la mano y bajó el dedo pulgar–. Al oír eso, dejé de preguntar.

–¿Qué me dices del otro, del estadounidense?

–Nada. Nadie lo conoce. Pero si se junta con Manchez, no se trata de ningún boy scout –bebió un trago–. Jerry se metió en algún negocio malo.

–Sí.

–Lo siento –tocó la pulsera que llevaba en la muñeca–. Él me regaló esto. Pasamos buenos momentos.

La atmósfera del bar lo estaba ahogando. Jonas se

puso de pie y titubeó sólo un momento antes de sacar otro billete y dejarlo junto a la copa de ella.

–Gracias.

Erika lo dobló con igual precisión que el primero.

–De nada.

Había querido que estuviera en casa. Pero cuando la encontró vacía, cerró la mano sobre las llaves y soltó una imprecación. No podía quedarse quieta; sus nervios habían ido en aumento durante el trayecto hasta casa. Fuera, el turno de noche establecido por Moralas ocupaba su puesto.

Se preguntó cuánto tiempo podría la policía permanecer pacientemente en el exterior de su casa y seguirla en su quehacer cotidiano. Dejó el maletín en la mesa. Tarde o temprano, Moralas le quitaría la protección. Entonces, ¿dónde estaría? Volvió a mirar la llave. Estaría sola. Tenía que hacer algo.

Siguiendo un impulso, fue a la habitación de su hija. Quizá Jerry había dejado un maletín, una caja, algo que la policía hubiera podido pasar por alto. De forma sistemática, inspeccionó el armario de Faith. Cuando encontró el pequeño oso de peluche con la oreja gastada, lo bajó del anaquel. Se lo había comprado a Faith antes de que naciera. Era de un intenso tono púrpura, o lo había sido años atrás. Jamás lo habían bautizado. Faith simplemente lo había llamado «Mío» y quedado satisfecha con eso.

Sacudida por una oleada de soledad, enterró la cara en el animal.

–Oh, te echo de menos, pequeña –murmuró–. No sé si podré soportarlo.

–¿Liz?

Con un jadeo de sorpresa, retrocedió del armario. Al ver a Jonas, escondió el peluche a la espalda.

–No te oí llegar –dijo, sintiéndose tonta.

–Estabas ocupada –se acercó a ella y con suavidad le quitó el oso de los dedos–. Parece muy querido.

–Es viejo –carraspeó y recuperó el juguete. Pero le resultó imposible volver a guardarlo en el anaquel superior. Lo dejó en la cómoda de Faith–. Estabas fuera.

–Sí –pensó si contarle la reunión con Erika y decidió reservarse lo que había descubierto para sí mismo, al menos por el momento–. Has llegado pronto a casa.

–Encontré algo –metió la mano en el bolsillo y sacó las llaves–. Esto no es mío.

Jonas observó ceñudo la llave que ella indicaba.

–No sé a qué te refieres.

–Quiero decir que esta llave no es mía, y no sé cómo llegó a mi llavero.

–¿La has descubierto hoy?

–Sí, pero pudieron ponerla en cualquier momento. No creo que me hubiera dado cuenta –con la vana esperanza de distanciarse, la sacó del llavero y se la entregó a Jonas–. Cuando estoy allí, las guardo en un cajón de la tienda. En casa, por lo general las dejo en la encimera de la cocina. No se me ocurre ningún motivo para que alguien la guarde con las mías a menos que quisiera esconderla.

Jonas examinó la llave.

–*La carta robada* –murmuró.

–¿Qué?

–Era uno de los cuentos preferidos de Jerry cuando éramos pequeños. Recuerdo cuando puso a prueba la teoría al colocar un libro que le había comprado a mi padre para Navidad en una estantería de la biblioteca.

–Entonces, ¿crees que era suya?

–Creo que encajaría con su estilo.

Liz recogió otra vez el peluche, descubriendo que la reconfortaba.

–No sirve de mucho tener una llave cuando no tienes la cerradura.

–No debería ser muy complicada de hallar –la alzó–. ¿Sabes qué es?

–Una llave –se sentó en la cama de Faith. No, no se había distanciado. Las arenas movedizas volvían a borbotear.

–De una caja de seguridad –le dio la vuelta para leer los números grabados en el metal.

–¿Crees que el capitán Moralas podrá rastrearla?

–Tarde o temprano, sí –murmuró. Pensó que ése tenía que ser el paso siguiente–. Pero no voy a hablarle de su existencia.

–¿Por qué?

–Porque la querría, y no pienso dársela hasta que yo pueda abrir esa caja.

Ya no le costaba reconocer su expresión. Seguía siendo de venganza. Dejó el peluche en la cama de su hija y se puso de pie.

–¿Qué vas a hacer, ir de banco en banco y preguntar si puedes probar la llave? No tendrás que llamar a la policía, lo harán ellos.

–Tengo algunos contactos... y tengo el número de serie –se guardó la llave–. Con un poco de suerte, dispondré del nombre del banco mañana por la tarde. Quizá tengas que tomarte unos días libres.

–No puedo, y si pudiera, ¿por qué debería hacerlo?

–Nos vamos a Acapulco.

Fue a hacer un comentario cáustico, pero se contuvo.

–¿Porque Jerry le contó a Erika que tenía negocios allí?

–Si Jerry estaba metido en algo, y si tenía algo importante o valioso, lo habría ocultado. Una caja de seguridad en Acapulco tiene sentido.

–Perfecto. Si eso es lo que crees, que tengas buen viaje –fue a pasar junto a él. Jonas sólo tuvo que mover el cuerpo para bloquearle la puerta.

–Iremos juntos.

–Escucha, Jonas, yo no puedo dejarlo todo para seguirte en una persecución a ciegas. Acapulco es muy cosmopolita. No necesitarás una intérprete.

–La llave estaba en tu llavero. El cuchillo en tu cuello. Te quiero tener donde pueda verte.

–¿Preocupado? –su rostro se endureció–. No estás preocupado por mí, Jonas. Lo único que te importa es tu venganza. No quiero saber nada de ella, ni de ti.

La tomó por los hombros y la apoyó contra la puerta.

–Los dos sabemos que eso no es verdad. Hemos empezado algo –los ojos se demoraron en sus labios–. Y no va a detenerse hasta que los dos hayamos acabado con ello.

–No sé de qué estás hablando.

–Sí, lo sabes –se pegó más, de modo que sus cuerpos se encontraron y tensaron el uno hacia el otro. Se acercó aún más, quizá para demostrar algo, tal vez sólo a sí mismo–. Sí, lo sabes –repitió–. Vine aquí para hacer algo, y pretendo hacerlo. Me importa un bledo si lo llamas venganza.

El corazón le palpitaba con fuerza. No quería llamarlo miedo. Pero los ojos de Jonas eran fríos y estaban cerca.

–¿Qué otra cosa es?

–Justicia.

–No estás recordando tus libros de derecho, Jonas.

–La ley no siempre equivale a justicia. Voy a averiguar qué le sucedió a mi hermano y por qué –le pasó la mano por la cara y metió los dedos en su pelo. No encontró seda y satén, sino a una mujer fuerte–. Pero ahora hay más. Te miro y te deseo –la obligó a mirarlo a los ojos–. Te tengo en mis brazos y me olvido de lo que tengo que hacer. Maldita seas, estás en mi camino.

Al terminar de hablar, le aplastó la boca con fuerza. No había sido ésa su intención. No había tenido más alternativa. Con anterioridad había sido gentil con ella porque la expresión en sus ojos así lo requería. Pero en ese momento se mostró duro, desesperado, porque así lo demandaba el poder de las necesidades que lo atenazaban.

La asustó. Liz jamás había imaginado que el miedo podía ser una fuente de exultación. Dejó que la acercara todavía más, más cerca del abismo. La desafió a dejarse llevar hacia lo desconocido. A correr el riesgo.

Su boca extrajo desesperadamente de ella, buscando pasión, sumisión, fuerza. Lo quería todo. Las manos la buscaban como si siempre lo hubieran hecho. Cuando la encontró, ella se puso rígida, se resistió, y luego se fundió con tanta rapidez que casi le fue imposible reconocer un estado de ánimo del otro. Olía a mar y sabía a inocencia, una combinación de misterio y dulzura que lo volvió loco.

Olvidando todo menos a ella, la condujo hacia la cama y la realización.

–No –Liz lo empujó, luchando por regresar. Se hallaban en el dormitorio de su hija–. Jonas, no está bien.

La tomó por los hombros.

–Maldita sea, puede que sea lo único que esté bien.

Ella negó con la cabeza, y aunque indecisa, retrocedió. Los ojos de él ya no estaban fríos. Una mujer podría soñar con que un hombre la mirara con semejante fuego y necesidad. Una mujer podría descartar toda cautela si un hombre la anhelara con semejante deseo turbulento. Pero ella no podía.

–No para mí. Yo no quiero esto, Jonas –se echó el pelo para atrás–. No quiero sentir de esta manera.

Le tomó la mano antes de que pudiera retirarse. La cabeza le daba vueltas. No había existido ningún otro momento, ningún otro lugar, ninguna otra mujer que le hubiera causado un anhelo como ése.

–¿Por qué?

–No cometo el mismo error dos veces.

–Esto es el presente, Liz.

–Y es mi vida –respiró hondo para despejarse y descubrió que podía mirarlo directamente a la cara–. Te acompañaré a Acapulco porque cuanto antes consigas lo que buscas, antes te irás –juntó las manos con fuerza–. Sabes que Moralas hará que nos sigan.

Él tenía sus propias batallas que librar.

–Yo me ocuparé de eso.

Liz asintió.

–Haz lo que debas hacer. Yo me encargaré de que Luis se ocupe de la tienda uno o dos días.

Cuando lo dejó solo, Jonas volvió a cerrar las manos sobre la llave. Abriría una cerradura. Pero había otra que lo desconcertaba y lo frustraba. Recogió el peluche que Liz había dejado sobre la cama. Lo miró y luego la llave que sostenía en la otra mano. De algún modo, debería encontrar un modo de juntarlos.

VI

Acapulco no era el México que Liz entendía y amaba. No era el México al que había huido una década atrás ni el mismo en el que había establecido su hogar. Era sofisticado y ultramoderno, con hoteles como rascacielos uno al lado del otro, que refulgían bajo el sol. Era piscinas y tiendas de moda. Ella prefería la serena atmósfera rural de su isla.

No obstante, tenía que reconocer que había algo impresionante en la ciudad, erigida en las montañas y besada por una magnífica bahía. Las calles estaban atestadas y eran ruidosas, excitantes a su propia manera. Bajó del taxi y se preguntó si tendría tiempo de ir a ver alguna de las tiendas de buceo.

Jonas había seguido un método para escoger el hotel. Era lujosamente caro... justo el estilo de Jerry. Los bungalows daban al Pacífico y estaban construidos directamente en la ladera de una montaña. Se registró en una suite, se guardó la llave en el bolsillo y dejó el equipaje al botones.

–Ahora iremos al banco –había tardado dos días en encajar la llave con un nombre. No iba a perder más tiempo.

Liz lo siguió a la calle. Era verdad que no había ido a pasarlo bien, pero echarle un vistazo a sus habitaciones y comer un bocado no era mucho pedir. Jonas ya subía a un taxi.

Después de darle la dirección al conductor, se reclinó en el asiento. Podía entender que Jerry fuera a Acapulco, con su aire cosmopolita, su intensa vida nocturna y toques de lujo. A su hermano jamás le había interesado la atmósfera rústica y serena de un lugar como Cozumel. De modo que si había ido a la isla y se había quedado allí, había tenido un motivo para ello. Y en Acapulco pensaba averiguar cuál había sido.

En cuanto a la mujer que iba a su lado, no tenía ni idea. ¿Estaba atrapada en las circunstancias que se habían formado antes de que se hubieran conocido o la arrastraba más allá de lo que tenía derecho a hacer? Iba en silencio. Decidió que lo más probable era que pensara en la tienda; deseó poder devolverla a salvo a la vida que llevaba. Deseó poder dar media vuelta, volver al hotel y hacerle el amor hasta que ambos quedaran ahítos.

Quería excitarla hasta que dejara de pensar en cuentas, clientes u horarios. Quizá era una cuestión de poder... ya no estaba seguro. Pero principalmente, inexplicablemente, quería borrar el recuerdo del aspecto que había tenido cuando entró en la habitación de su hija y la vio aferrada al oso de peluche.

Cuando el taxi se detuvo delante del banco, Liz bajó sin decir una palabra. Jonas la tomó del brazo y la condujo al interior.

El banco era como deberían ser todos los bancos, silencioso y tranquilo. Los dependientes lucían trajes prolijos y sonrisas educadas. Las conversaciones se llevaban en murmullos. Jerry siempre había preferido lo ultraconservador para guardar su dinero, así como se había decantado por lo salvaje para gastarlo. Sin vacilar, Jonas se dirigió hacia la cajera más atractiva.

–Buenas tardes.

Ella alzó la vista. Sólo necesitó un segundo para que su sonrisa se iluminara.

–Señor Sharpe, buenos días. Es agradable volver a verlo.

–Es agradable verla a usted –se apoyó en el mostrador en un gesto de seducción. Notó que Liz se ponía rígida a su espalda–. Me preguntaba si me recordaría.

La cajera se ruborizó antes de mirar con cautela en dirección a su supervisor.

–Desde luego. ¿En qué puedo ayudarlo hoy?

Jonas sacó la llave del bolsillo.

–Me gustaría abrir mi caja –se dio la vuelta y calló a Liz con una mirada cuando vio que iba a hablar.

–Me ocuparé de ello de inmediato –sacó un formulario, lo fechó y se lo pasó a Jonas–. Si es tan amable de firmar aquí.

Él aceptó el bolígrafo y con gesto indiferente plasmó una firma. Liz leyó: *Jeremiah C. Sharpe*. Aunque alzó la vista con rapidez, Jonas le sonreía a la cajera. Como el supervisor pululaba por allí, ella siguió el procedimiento y comprobó la firma con la tarjeta del cliente. Se correspondían a la perfección.

–Por aquí, señor Sharpe.

–¿No es ilegal? –murmuró ella mientras la cajera los alejaba del vestíbulo principal.

–Sí –con un gesto le indicó que pasara por delante de él.

–¿Y me convierte en cómplice?

Le sonrió, esperando mientras la cajera extraía la larga caja metálica de su nicho.

–Sí. Si surgiera algún problema, te recomendaría un buen abogado.

–Estupendo. Lo único que necesito es otro abogado.

–Puede utilizar esta cabina, señor Sharpe. Toque el timbre cuando haya terminado.

–Gracias –empujó a Liz dentro y luego cerró la puerta con el cerrojo.

–¿Cómo lo sabías?

–¿Saber qué? –depositó la caja sobre una mesa.

–Que tenías que dirigirte a esa empleada. Cuando ella te habló por primera vez, pensé que ya habías estado aquí.

–Había tres hombres y dos mujeres. La otra mujer rondaba los cincuenta y tantos. Por como era mi hermano, para él sólo habría existido una empleada.

Esa línea de pensamiento era perfectamente clara, pero no sus actos.

–Firmaste su nombre a la perfección.

Con la llave en la mano, Jonas la miró.

–Él era parte de mí. Si hubiéramos estado en la misma habitación, te podría haber dicho en qué estaba pensando. Escribir su nombre resulta tan fácil como escribir el mío.

–¿Y era igual para él?

Todavía podía causar dolor, veloz e inesperado.

–Sí, para él era igual.

Pero Liz recordaba la descripción humorística que daba Jerry de su hermano como un «tipo estirado». El hombre al que ella empezaba a conocer, no encajaba con esa descripción.

–Me pregunto si os entendíais tan bien como ambos pensabais –volvió a mirar la caja. Se dijo que no era asunto suyo, y deseó que fuera verdad como en una ocasión había creído–. Creo que será mejor que la abras.

Introdujo la llave en la cerradura y la giró en silencio. Cuando levantó la tapa, Liz se quedó mirando fijamente el interior. Jamás había visto tanto dinero. Se acumulaba en fajos bien apilados, compuestos por billetes nuevos de dólares americanos. Incapaz de resistirse, alargó la mano para tocarlo.

–Dios, parecen miles –tragó saliva–. Cientos de miles.

Con rostro inexpresivo, Jonas hojeó los billetes. La cabina adquirió un silencio sepulcral.

–Unos trescientos mil, en billetes de veinte y de cincuenta.

–¿Crees que lo robó? –murmuró ella, demasiado abrumada para notar que las manos de él se cerraban sobre los fajos–. Debe de ser el dinero que buscaba el hombre que irrumpió en mi casa.

–Estoy seguro de que lo es –dejó el dinero y sacó una bolsa pequeña–. Pero no lo robó –forzó que sus emociones se congelaran–. Me temo que se lo ganó.

–¿Cómo? –quiso saber ella–. Nadie gana esta cantidad de dinero en cuestión de días, y juraría que Jerry estaba casi en la ruina cuando lo contraté. Sé que Luis le prestó diez mil pesos antes de que cobrara su primer sueldo.

–No lo dudo –no se molestó en explicar que le había hecho una transferencia de doscientos dólares antes de que Jerry se marchara de Nueva Orleáns. Con cuidado, metió la mano debajo de unos fajos de dinero y sacó una pequeña bolsa de plástico, metió un dedo en ella y probó. Pero ya lo había sabido.

–¿Qué es eso?

Con rostro inexpresivo, selló otra vez la bolsa. No podía permitirse más dolor.

–Cocaína.

Horrorizada, Liz observó la bolsa.

–No lo entiendo. Vivía en mi casa. Habría sabido si hubiera consumido drogas.

Jonas se preguntó si ella se daba cuenta de lo inocente respecto al lado más oscuro de la humanidad. Hasta ese momento, no había comprendido lo bien que él lo conocía.

–Quizá, quizá no. Sea como fuere, Jerry no estaba metido en esta clase de cosas. Al menos no para él.

–¿Quieres decir que la vendía?

–¿Traficar con drogas? –casi sonrió–. No, eso no lo habría estimulado –en el rincón de la caja, había una pequeña agenda negra. La sacó para echarle un vistazo–. Pero contrabando... –murmuró–. Jerry podría haber justificado su contrabando. Acción, intriga y dinero rápido.

La mente le daba vueltas.

–¿Y tú? ¿Tú puedes justificarlo?

La miró por encima de la agenda. Tenía los ojos helados e inescrutables. Sin responder, siguió estudiando la agenda.

–Ha apuntado iniciales, fechas, horarios y algunos números. Es como si hubiera cobrado cinco mil por entrega. Diez entregas.

Liz volvió a mirar el dinero. Ya no parecía nuevo y prolijo, sino feo y mal usado.

–Eso sólo son cincuenta mil. Has dicho que había trescientos mil.

–Así es –aparte de una bolsa de cocaína no rebajada con un elevado precio en la calle. Sacó su propio bloc y copió los números de la agenda de su hermano.

–¿Qué vamos a hacer con esto?

–Nada.

–¿Nada? –repitió, convencida de que había entrado en un sueño–. ¿Quieres decir que lo dejaremos aquí, en esta caja, y nos marcharemos?

Copiados los últimos números, guardó la agenda de Jerry.

–Exacto.

–¿Para qué hemos venido si no vamos a hacer nada con ello?

Guardó el bloc de notas en su chaqueta.

–Para encontrarlo.

–Jonas –antes de que pudiera cerrar la tapa, le tomó la muñeca–. Tienes que llevarla a la policía. Al capitán Moralas.

Con gesto deliberado, le soltó la mano, luego recogió la bolsa de coca. Entendía el rechazo, pero no era eso lo que veía en la cara de él, sino furia.

–¿Quieres llevar esto en el avión, Liz? ¿Tienes idea de cómo se penaliza en México el transporte de sustancias controladas?

–No.

–Y no quieres saberlo –bajó la tapa y cerró la caja con la llave–. Por el momento, olvida que has visto algo. Me ocuparé de esto a mi propia manera.

–No.

Sus emociones estaban descarnadas y encontradas, su paciencia al límite.

–No me empujes, Liz.

–¿Empujarte? –furiosa, lo agarró por la pechera y plantó los pies–. Llevas días empujándome. Me has metido en el centro de algo tan opuesto al modo en que he vivido, que ni siquiera soy capaz de asimilarlo por completo. ¿Qué esperas que haga ahora, que vuelva a alquilar con serenidad tanques de oxígeno?

Quizá tú ya has terminado de usarme, Jonas, pero yo no estoy preparada para que se me descarte. Ahí afuera hay un asesino que cree que sé dónde está el dinero. Y ahora eso es verdad.

–Ahora es verdad –corroboró–. Lo mejor que puedes hacer a partir de este momento es mantenerte al margen, dejar que se centren en mí.

–¿Y cómo se supone que hago eso?

La furia borboteaba próxima a la superficie, una furia que había querido encerrar en la caja junto con lo que la había causado.

–Ve a Houston a visitar a tu hija.

–¿Cómo podría? –demandó en un murmullo que vibró en la pequeña cabina–. Me seguirían. No voy a poner en peligro la seguridad de mi hija.

Ella tenía razón, y como lo sabía, Jonas quiso estallar. Se hallaba atrapado entre el amor y la lealtad y lo que estaba bien y mal. Entre la justicia y la ley.

–Cuando regresemos, hablaremos con Moralas –recogió otra vez la caja, y odió ese gesto.

–¿Adónde iremos ahora?

Abrió le puerta.

–A beber una copa.

Ella prefirió declinar la opción.

Una hora más tarde, la encontró en la piscina. Nadaba largos con brazadas largas y fluidas. Parecía inagotable y extrañamente preparada para el lujo privado. El bañador que lucía era de un rojo intenso, pero el corte tan sencillo, que dependía estrictamente de la forma que cubría para darle estilo.

Contó veinte largos antes de que se detuviera y se preguntó cuántos había completado antes de que él apareciera. Le daba la impresión de que nadara para vaciar alguna tensión o dolor, y que con cada largo se acercaba al éxito. Mientras esperaba, la vio sumergirse para echar el pelo hacia atrás. Las marcas de su cuello se habían desvanecido. Al emerger, el agua le cubrió los muslos.

–Jamás te he visto relajada –comentó él. Pero incluso al pronunciar las palabras, pudo ver que los músculos volvían a tensársele. Le dio la espalda a la contemplación de las montañas y lo miró.

Se dio cuenta de que él estaba cansado y se preguntó si debería haberlo notado antes. Alrededor de sus ojos había un cansancio que no había estado por la mañana. No se había cambiado de ropa y tenía las manos metidas en los bolsillos de los pantalones de color hueso. Se preguntó si habría subido a la suite.

–No traje un bañador conmigo –se impulsó en el borde de la piscina y salió del agua–. Cargué éste a la habitación.

El corte de la cadera llegaba casi hasta la cintura. Jonas se preguntó cómo sería su piel ahí.

–Es bonito.

–Fue caro –recogió la toalla.

–Puedo deducirlo en mi declaración –enarcó una ceja.

Ella sonrió un poco mientras se secaba el pelo.

–No, no puedes. Pero como eres abogado, supongo que podrás encontrar un modo de deducirlo de otra cosa. Guardé el recibo.

Él no había creído que podría reír.

–Te lo agradezco. ¿Sabes?, tengo la impresión de que no tienes muy buen concepto de los abogados.

–Intento no pensar en ellos.

Le quitó la toalla y con suavidad le secó la cara.

–¿El padre de Faith es abogado?

Sin moverse, dio la impresión de alejarse de él.

–Deja el tema, Jonas.

–Tú no lo haces.

–De hecho, sí, casi siempre. Quizá ha estado en mi mente en las últimas semanas, pero eso es asunto mío.

Le pasó la toalla alrededor de los hombros y, sosteniendo los extremos, los juntó.

–Me gustaría que me hablaras de ello.

Ella pensó que era su voz, tan serena, tan persuasiva, la que casi la impulsó a abrirle la mente y el corazón. Al mirarlo, casi podía creer que quería saberlo, entender. La parte de ella que ya lo amaba necesitaba creer que podía importarle.

–¿Por qué?

–No lo sé. Quizá es por esa expresión que aparece en tus ojos. Hace que un hombre quiera desterrarla.

Ella alzó la barbilla una fracción.

–No hay necesidad de que sientas pena por mí.

–No creo que pena sea la palabra adecuada –súbitamente cansado, bajó la frente hasta apoyarla sobre la de Liz. Estaba agotado de luchar contra los demonios, de tratar de encontrar respuestas–. Maldición.

Insegura, ella se quedó muy quieta.

–¿Te encuentras bien?

–No. No lo estoy –se alejó de ella para ir hacia el extremo del sendero donde una parcela de diminutas flores anaranjadas se asomaba entre la gravilla blanca–. Un montón de las cosas que dijiste hoy eran verdad. Un montón de las cosas que has dicho son verdad. No puedo hacer nada al respecto.

–No sé qué quieres que diga ahora.

–Nada –espantosamente cansado, se pasó las dos manos por la cara–. Intento vivir con el hecho de que mi hermano está muerto, y de que fue asesinado porque decidió ganar dinero fácil traficando con droga. Tenía un buen cerebro, pero siempre eligió usarlo de la forma equivocada. Cada vez que me miro en el espejo, me pregunto por qué.

Liz estuvo a su lado antes de poder frenar sus sentimientos. Sufría. Era la primera vez que lograba ir más allá de la superficie y ver el dolor. Ella sabía lo que era vivir con dolor.

–Era diferente, Jonas. No creo que fuera malo, sólo débil. Una cosa es que te duela su muerte, y otra culparte por lo que hizo o por lo que le pasó.

No había sabido que necesitara consuelo, pero la mano de ella apoyada sobre él hizo que algo en su interior se abriera lentamente.

–Yo era el único que podía llegar hasta él, mantenerlo en cierto grado de estabilidad. Llegó un momento en que me cansé de dirigir la vida de los dos.

–¿De verdad crees que podrías haber impedido que hiciera lo que hizo?

–Quizá. Ésa es otra cosa con la que he de vivir.

–Aguarda un momento –lo aferró por la parte frontal de la camisa de la misma manera que había hecho aquella tarde. En su rostro ya no había simpatía, sino irritación–. Erais hermanos, gemelos, pero erais personas distintas. Jerry no era un niño al que hubiera que guiar y supervisar. Era un adulto que tomaba sus propias decisiones.

–Ése es el problema. Jamás creció.

–Y tú sí –soltó–. ¿Vas a castigarte por ello?

Jonas comprendió que había estado haciendo justo eso. Había ido a casa, enterrado a su hermano, consolado a sus padres y se había culpado a sí mismo por no impedir algo que en su corazón sabía que había sido inevitable.

–Tengo que averiguar quién lo mató, Liz. No puedo dejar lo demás a un lado hasta que no lo descubra.

–Los encontraremos –en un impulso, pegó la mejilla a la suya. A veces el más leve contacto humano podía desterrar toneladas de dolor–. Y entonces todo habrá acabado.

Él no estaba seguro de desearlo, al menos no todo. Le acarició el brazo, con la necesidad de tocarle la piel. La encontró fría.

–El sol se ha puesto –la envolvió con la toalla en un gesto que con otra mujer habría sido mera cortesía. Con Liz, era por protección–. Será mejor que salgas de ese traje mojado. Cenaremos.

–¿Aquí?

–Claro. Se supone que el restaurante es uno de los mejores.

Liz pensó en la elegancia de la suite en la que se alojaban y en el contenido de su bolsa de viaje.

–No he traído ropa adecuada.

Él rió y la rodeó con un brazo. Era el primer comentario puramente frívolo que le oía.

–Carga algo más a la habitación.

–Pero...

–No te preocupes, tengo al mejor contable de Filadelfia.

VII

Como había estado segura de que jamás dormiría lejos de casa, en una cama de hotel, quedó sorprendida al despertar con plena luz del día. Había dormido como una roca durante ocho horas, y se sentía descansada y lista para ponerse en marcha. Cierto que eran las seis pasadas y no tenía ningún negocio que dirigir, pero su cuerpo se hallaba sintonizado para despertar a esa hora. Y un viaje a Acapulco no modificaba eso.

Sin embargo, se recordó que había modificado otras cosas. Debido a ello, se había visto envuelta en un asesinato y en una operación de contrabando. En una película, podría haber disfrutado mirando el melodrama. En un libro, habría vuelto la página para leer más. Pero en su propia vida, prefería lo más mundano. Sin embargo, era demasiado pragmática para engañarse a sí misma creyendo que podría distanciarse de alguna parte del rompecabezas. Para bien o para mal, se había involucrado personalmente en ese drama. Eso incluía a Jonas Sharpe. En ese momento lo único que había que decidir era qué curso tomar.

No podía huir. Esa jamás había sido una elección. Ya había llegado a la conclusión de que tampoco podría esconderse para siempre detrás de Moralas y sus hombres. Tarde o temprano, el hombre del cuchillo regresaría, o aparecería otro más determinado o desesperado. No escaparía una segunda vez. En cuanto miró el contenido de la caja de seguridad, se había convertido en una protagonista del juego. Lo que la llevaba otra vez hasta Jonas. Ya no le quedaba más alternativa que confiar en él. Aunque debía reconocer que se necesitaban mutuamente.

Pensó que también habían cambiado otras cosas. Los sentimientos que sentía por él estaban más indefinidos y resultaban más confusos que nunca. Verlo como la noche anterior, sufriendo y vulnerable, había despertado algo más que una simpatía impersonal o una atracción física. Le había hecho sentir afinidad, y ello la instaba a ayudarlo, no sólo por su propio bienestar, sino por el de Jonas. Sufría por la pérdida de un hermano, pero también por lo que había hecho ese hermano. En una ocasión ella había amado, y había sufrido, no sólo por la pérdida, sino también por la desilusión.

Al levantarse de la cama, se dijo que no tenía sentido pensar. A partir de ese momento, no tenía más opción que actuar.

Jonas la oyó en cuando se levantó. Llevaba despierto desde las cinco, inquieto y reflexionando. Durante una hora, había hurgado en su conciencia en busca de un modo de sacar a Liz de la situación de su hermano y en la que él había terminado de meterla. Ya había pensado en varios modos de desviar la atención de ella hacia él, pero eso no garantizaría la seguridad de Liz.

A medida que pasaban los días, sentía que empezaba a conocerla cada vez mejor. Era una solitaria, pero sólo porque la consideraba la vía más segura. Era una mujer de negocios, pero sólo porque anteponía el bienestar de su hija a todo. En su interior, era una mujer con sueños y amor en pausa. Había proyectado ambas cosas hacia su hija y se las negaba a sí misma. Y encima, se había convencido de que se sentía satisfecha.

Era algo más que entendía, porque hasta unas semanas atrás, también él se había convencido de que estaba satisfecho. Sólo en ese momento, después de haber tenido la oportunidad de contemplar su vida desde una distancia, se había dado cuenta de que simplemente había estado flotando a la deriva. Siempre había antepuesto su carrera. Y ya no estaba seguro de que pudiera volver a hacerlo. Había hecho falta la pérdida de su hermano para comprender que necesitaba algo más, algo sólido. Explorar la ley sólo era un trabajo. Ganar casos sólo era una satisfacción transitoria.

Pero pensar en su propia vida no solucionaba el

problema de Liz Palmer y lo que iba a hacer con ella. No podía ir a Houston, pero había otros sitios a los que podría ir hasta que pudiera garantizarle que la vida podría volver a estar tal como ella la quería. La primera alternativa en la que pensó fue en la de sus padres y en la casa de campo tranquila a la que se habían retirado en Lancaster. Si pudiera encontrar un modo de sacar a Liz de México, allí estaría a salvo. Hasta sería posible conseguir que la acompañara Faith. Entonces su conciencia se aplacaría. No tenía duda de que sus padres las aceptarían a ambas.

En cuanto hiciera lo que había ido a hacer, podría ir él mismo a Lancaster. Le gustaría ver a Liz allí, en un entorno al que él se hallaba acostumbrado. Quería tiempo con ella para charlar de cosas sencillas. Quería oírla reír otra vez, como había hecho sólo en una ocasión desde que la conocía.

Seguía siendo un misterio para él. Si pensaba en ella demasiado a menudo, demasiado profundamente, sólo se debía a que así como su comprensión iba en aumento, todavía conocía muy poco. Si a veces daba la impresión de que descubrir a Liz Palmer era tan importante como descubrir al asesino de su hermano, sólo se debía a que ese acontecimiento los unía. ¿Cómo podía quitar la mente de uno sin quitarla del otro? Sin embargo, cuando en ese momento pensaba en ella, la imaginaba tendida en la hamaca del porche de la casa de su madre, a salvo, satisfecha y esperándolo.

Irritado consigo mismo, miró la hora. Eran pasadas

las nueve en la costa este. Pensó en llamar a su bufete. Unos pocos problemas legales podrían despejarle la mente. Había alzado el auricular cuando Liz salió de su dormitorio.

–No sabía que estabas levantado –dijo ella, y jugó nerviosamente con el cinturón de la bata.

–Pensé que dormirías más –volvió a colgar el auricular. El bufete podía esperar.

–Nunca duermo hasta mucho más de las seis –incómoda, se dirigió al amplio ventanal–. Una vista maravillosa.

–Sí.

–No me alojaba en un hotel desde... hace años –concluyó–. Cuando llegué a Cozumel, trabajé en el mismo hotel en el que solía quedarme con mis padres. Fue una sensación extraña. Y ésta también lo es.

–¿Sientes el impulso de cambiar las sábanas o poner toallas nuevas?

Cuando ella rió entre dientes, parte de la incomodidad se desvaneció.

–No.

–Liz, cuando todo esto haya terminado, cuando haya quedado detrás de nosotros, ¿me hablarás de esa parte de tu vida?

Se volvió hacia él, pero los dos sintieron la distancia.

–Cuando esto haya terminado, no habrá ningún motivo para hacerlo.

Él se levantó y fue hacia ella. En un gesto que la pilló completamente por sorpresa, le tomó ambas manos. Alzó una, luego la otra, las besó y observó cómo se le nublaban los ojos.

–Yo no puedo estar seguro de eso –murmuró–. ¿Tú sí?

No podía estar segura de nada cuando su voz era tan sosegada, las manos tan gentiles. Durante un momento, absorbió la sensación de ser una mujer cuidada por un hombre. Entonces retrocedió, como sabía que debía hacer.

–Jonas, en una ocasión me dijiste que teníamos el mismo problema. Entonces no quise creerlo, pero era verdad. Es verdad. Cuando ese problema se solucione, realmente no habrá nada entre nosotros. Tu vida y la mía están separadas por mucho más que kilómetros.

Él pensó en la casa que había comprado y que estaba restaurando y en la súbita necesidad de compartirla.

–No tiene por qué ser así.

–Hubo un tiempo en que habría podido creerlo.

–Vives en el pasado –la tomó por los hombros, pero no con la misma suavidad–. Luchas con fantasmas.

–Puede que tenga mis fantasmas, pero no vivo en el pasado. No puedo permitirme ese lujo –le rodeó las muñecas con las manos, pero las dejó allí un momento antes de soltarlo–. No puedo permitirme el lujo de engañarme contigo.

Quiso tirarla con él sobre el sofá y demostrarle que se equivocaba, pero se resistió.

–Por el momento, lo dejaremos aquí –repuso–. Pero el caso no está cerrado. ¿Tienes hambre?

Sin saber si tenía que sentirse inquieta o aliviada, Liz asintió.

–Un poco.

–Desayunemos. Disponemos de mucho tiempo antes de que salga el avión.

–Han estado muy ocupados –Moralas se contuvo mientras se echaba atrás en su sillón–. Dos de mis hombres perdieron su valioso tiempo buscándolos en Acapulco. Podría haberme contado, señor Sharpe, que planeaba llevarse a la señorita Palmer en un viaje.

–Consideré que una escolta policial en Acapulco podía ser inconveniente.

–Y ahora que ha concluido su propia investigación, me trae esto –alzó la llave y la examinó–. Que la señorita Palmer descubrió hace varios días. Siendo usted abogado, debería comprender la frase «ocultación de pruebas».

–Desde luego –Jonas asintió con gesto distante–. Pero ni la señorita Palmer ni yo podíamos saber que la llave era una prueba. Desde luego, especulamos con que podría haber pertenecido a mi hermano. Retener una especulación difícilmente es un delito.

–Quizá no, pero indica un mal juicio. Un mal juicio a menudo se traduce en una infracción.

Jonas se reclinó en su silla. Si Moralas quería que discutieran sobre leyes, lo harían.

–Si la llave pertenecía a mi hermano, como albacea de su patrimonio, pasó a ser mía. En cualquier caso, en cuanto me quedó demostrado que la llave pertenecía a Jerry, y que el contenido de la caja de seguridad representaba una prueba, le traje tanto la llave como la descripción del contenido de dicha caja a usted.

–Ciertamente. ¿Y también especuló con el modo en que su hermano llegó a poseer esos artículos específicos?

–Sí.

Moralas aguardó un segundo, luego se volvió a Liz.

–Y usted, señorita Palmer... ¿también tiene especulaciones?

Ella apretaba las manos en el regazo, pero su voz fue pragmática y razonable al contestar.

–Sé que quienquiera que me atacara quería dinero, evidentemente mucho dinero. Y nosotros hemos encontrado mucho.

–Y una bolsa de lo que el señor Sharpe... especula con que es cocaína –Moralas juntó las manos sobre el escritorio, con la llave debajo–. Señorita Palmer, ¿vio usted en alguna ocasión al señor Jeremiah Sharpe en posesión de cocaína?

–No.

–¿Le habló en alguna ocasión de cocaína o de tráfico de drogas?

–No, claro que no. Se lo habría mencionado.

–¿Como me mencionó la llave? –cuando Jonas fue a protestar, lo calló con un gesto de la mano–. Necesitaré una lista de sus clientes durante las últimas seis semanas, señorita Palmer. Nombres y, siempre que sea posible, direcciones.

–De mis clientes. ¿Por qué?

–Es más que posible que el señor Sharpe usara su tienda para los contactos que mantenía.

–Mi tienda –indignada, se puso de pie–. ¿Mis barcos? ¿Cree que podría haber pasado drogas ante mis propias narices sin que yo me diera cuenta?

Moralas sacó un cigarro y lo estudió.

–Sinceramente espero que usted no estuviera al corriente, señorita Palmer. Tráigame la lista de clientes para el fin de semana –miró a Jonas–. Desde luego, está en su derecho de solicitar una orden. Con ello sólo retrasará el proceso. Y yo, desde luego, estoy en mi derecho de retener a la señorita Palmer como testigo material.

Jonas observó cómo la pálida voluta de humo subía al techo. Resultaba tentador poner a prueba el farol de Moralas como un ejercicio para examinar dos extremos de la ley. Y al hacerlo, el capitán y él podrían competir para ver quién tiraba con más fuerza con Liz de por medio durante horas.

–Hay ocasiones, capitán, en que es más sabio no emplear ciertos derechos. Creo que no me equivoco al afirmar que nosotros tres, básicamente, buscamos lo mismo –se levantó y encendió el mechero, acercándolo al cigarro de Moralas–. Tendrá su lista, capitán. Y más –el policía enarcó las cejas y esperó–. Pablo Manchez –dijo, y le agradó ver que Moralas entrecerraba los ojos.

–¿Qué pasa con Manchez?

–Está en Cozumel. O estaba –repuso–. Mi hermano se vio con él en varias ocasiones en clubes y bares.

–Le agradezco la información. Sin embargo, en el futuro, señor Sharpe, le agradecería más que se mantuviera fuera de mi camino. Buenas tardes, señorita Palmer.

Momentos más tarde, Liz salía a la calle.

–No me gusta que me amenacen. Era eso lo que hacía, ¿verdad? –quiso saber–. Me amenazaba con encerrarme.

Muy sereno, casi divertido, Jonas encendió un cigarrillo.

–Señalaba sus opciones, y las nuestras.

–No fue a ti a quien amenazó con meter en la cárcel –musitó Liz.

–No se preocupa tanto por mí como por ti.

–¿Preocuparse? –se detuvo con la mano en el asidero del coche alquilado de Jonas.

–Es un buen policía. Tú eres uno de los suyos.

Ceñuda, miró hacia la comisaría.

–Vaya modo peculiar de demostrarlo –una vez sentada, encontró un pasador para el pelo y se lo recogió.

–Ahora dime dónde puedo encontrar el mejor lugar para comprar ingredientes para un chile.

–¿Quieres que esta noche cocine?

–Mantendrá tu mente distraída de todo lo demás. Por el momento, ya hemos hecho todo lo que podíamos hacer –añadió–. Esta noche vamos a relajarnos.

Le habría gustado creer que tenía razón. Entre los nervios y la furia, estaba muy tensa.

–¿Se supone que cocinar me va a relajar?

–Comer te va a relajar. Es una circunstancia inevitable que primero haya que cocinar.

Sonaba tan absurdo que cedió.

–Gira a la izquierda en la siguiente esquina. Te diré lo que tienes que comprar, lo comprarás y no te interpondrás en mi tarea.

–De acuerdo.

–Y luego limpiarás.

–Desde luego.

–Frena ahí –indicó–. Y recuerda, tú lo has pedido.

Liz jamás escatimaba en la cocina, aún cuando tenía en cuenta que las auténticas especias mexicanas eran más picantes que las que se vendían en el típico supermercado estadounidense. De niña había desarrollado el gusto por la comida mexicana y las especialidades de Yucatán, cuando exploraba la península con sus padres. No era una cocinera consumada, y si estaba sola, a menudo se conformaba con un sándwich, pero cuando se dedicaba a ello, era capaz de preparar un plato que resultaba más que satisfactorio.

Quizá, en cierto sentido, quería impresionarlo. Probablemente, era muy natural e inofensivo querer impresionar a alguien con la cocina. Después de pelar y cortar un aguacate para la ensalada Maya, descubrió que empezaba a relajarse.

Era un alivio poder tomar una decisión que no fuera más vital que el modo adecuado de cortar frutas y verduras. Recordó que era la única ensalada que podía conseguir que comiera Faith porque era la única que su hija consideraba bonita. No se dio cuenta de que sonreía mientras salteaba unas cebollas y unos pimientos. Añadió una saludable dosis de ajo y dejó que se dorara.

–Ya huele bien –comentó Jonas al cruzar la puerta.

Ella miró por encima del hombro.

–Se suponía que debías mantenerte fuera de mi camino.

–Tú cocinas, yo pongo la mesa.

Se encogió de hombros y volvió a concentrarse en la sartén. Midió, removió y condimentó hasta que la cocina se llenó con un tumulto de aromas. La salsa, con carne y verduras, hirvió y se espesó a fuego lento. Satisfecha, se secó las manos con un trapo de cocina y se dio la vuelta. Sentado a la mesa, Jonas la observaba.

–Se te ve bien –comentó–. Muy bien.

Parecía natural que estuvieran juntos en la cocina. Hizo que recordara lo duro que resultaba no querer unas cosas tan sencillas en la vida.

–Algunos hombres creen que el momento de más belleza de una mujer es delante de una cocina.

–No lo sé. ¿Cuánto tiempo tiene que estar eso al fuego?

–Una media hora.

–Bien –se levantó y fue a la encimera, donde había

dejado dos botellas–. Tenemos tiempo para un poco de vino.

En el cerebro de Liz sonó una pequeña señal de advertencia. Decidió que necesitaba una tapa para el chile.

–No tengo las copas apropiadas.

–Ya pensé en eso –de una bolsa próxima a una botella, sacó dos copas de vino de pie fino.

–Has estado ocupado –murmuró.

–Como no querías que te molestara en el mercado, tuve que hacer algo –descorchó una botella y dejó que el vino respirara.

–Esas velas no son mías.

Se volvió para verla jugar con el borde de uno de los dos manteles individuales que había puesto en la mesa. En el centro, había dos velas azules que hacían juego con el reborde de los platos.

–Son nuestras –la informó.

La última vez que había encendido unas velas, había sido durante un corte de luz. Ésas no parecían robustas, sino esbeltas y frívolas.

–No había necesidad de tomarse estas molestias. Yo no...

–¿Las velas y el vino te ponen incómoda?

Dejó caer las manos a los lados.

–No, claro que no.

–Bien –sirvió un denso vino tinto en las copas. Se acercó a ella y le ofreció una–. Porque a mí me relajan. Acordamos que teníamos que relajarnos.

Ella bebió un sorbo y pensó que quería dar marcha atrás, mantener su terreno.

–Me temo que puedes estar buscando más de lo que puedo dar.

–No –hizo chocar las copas–. Busco exactamente lo que tú puedes dar.

Liz se volvió hacia la nevera.

–Podemos empezar con la ensalada.

Él encendió las velas y redujo las luces. Ella se dijo que no importaba. La atmósfera no era más que un suplemento agradable para una cena.

–Muy bonita –comentó él cuando Liz mezcló el aliño y distribuyó unas rodajas de aguacate–. ¿Cómo se llama?

–Es una ensalada Maya –la probó y quedó satisfecha–. Aprendí la receta cuando trabajaba en el hotel. De hecho, fue allí donde aprendí a cocinar.

–Deliciosa –decidió tras el primer bocado–. Hace que me arrepienta de no haberte convencido antes de cocinar.

–Es una ocasión única –se relajó lo suficiente como para sonreír–. Las comidas no...

–Están incluidas en el alquiler –concluyó Jonas–. Podríamos negociarlo.

Esa vez soltó una carcajada y eligió un trozo de pomelo.

–No lo creo. ¿Cómo te arreglas en Filadelfia?

–Tengo una asistenta que todos los miércoles prepara algo –dio otro bocado, disfrutando del contraste de las verduras crujientes con el aliño picante–. Y como fuera muchas veces.

–¿Y fiestas? Supongo que vas a muchas fiestas.

–Algunas por cuestión de negocios, otras por placer –casi había olvidado lo que era estar sentado en una cocina, disfrutando de una simple comida–. Para serte sincero, cansa un poco. Mucho. Llega un punto en que te das cuenta de que no deseas muchas más –comprendió que era eso. No se trataba del trabajo, de las horas dedicadas a los libros de leyes o a estar en los tribunales. Eran las noches sin sentido las que hacían que anhelara otra cosa. Alzó la copa de vino para chocarla con la de ella, pero sin quitarle los ojos de encima–. Lo he descubierto hace muy poco.

Liz sintió que la sangre comenzaba a hervirle. Apartó el vino y se puso de pie para ir a la cocina.

–Todos tomamos decisiones en determinados puntos de nuestra vida, reestructuramos nuestras prioridades.

–Me da la impresión de que tú lo hiciste hace mucho tiempo.

–Sí. Y nunca lo lamenté.

Él sabía que eso era verdad. No era una mujer que lamentara las cosas.

–No lo cambiarías, ¿verdad?

Liz siguió sirviendo chile en los cuencos.

–¿Cambiar qué?

–Si pudieras volver atrás once años y tomar un camino diferente, no lo harías.

Se detuvo. Desde el otro extremo del cuarto, Jonas pudo ver el destello de las velas en sus ojos cuando se volvió hacia él. Más aún, pudo ver la fortaleza que la suavidad y las sombras no podían ocultar.

–Eso significaría que debería entregar a Faith. No, no lo haría.

Cuando depositó los cuencos en la mesa, él le tomó la mano.

–Te admiro.

Agitada, ella lo miró.

–¿Por qué?

–Por ser exactamente lo que eres.

VIII

Ninguna frase suave, ninguna palabra romántica podría haberla afectado más. No estaba habituada a los halagos, pero una mujer que se entendiera a sí misma podía descartarlos con facilidad. Sin embargo, la aprobación sencilla y sincera era una cuestión diferente. Quizá se debió a la luz de las velas, al vino, a la intimidad de la pequeña cocina en la casa vacía, pero se sintió próxima a él, cómoda con él. Sin ser consciente de cómo había sucedido, bajó la guardia.

–No podría ser otra cosa.

–Sí, sí podrías. Y me alegro de que no lo seas.

–¿Qué eres tú? –preguntó al sentarse a su lado.

–Un abogado de treinta y cinco años que empieza a comprender que ha perdido algo de tiempo –volvió a alzar la copa para brindar con la de Liz–. Por aprovechar al máximo lo que haya.

Aunque no estaba segura de comprenderlo, bebió y luego esperó que él se pusiera a comer.

–Podrías alimentar un motor con esto –volvió a hundir la cuchara en el chile. En su lengua bailó el sabor picante–. Está buenísimo.

–¿No es demasiado picante para tu estómago yanqui?

–Mi estómago yanqui puede sobrellevarlo. ¿Sabes?, me sorprende que no hayas abierto un restaurante, con lo bien que cocinas.

No habría sido humana si el cumplido no la hubiera complacido.

–Me gusta más el agua que la cocina.

–Eso no te lo puedo discutir. ¿De modo que aprendiste esta receta en la cocina del hotel donde trabajaste?

–Así es. Comíamos allí. El cocinero me indicaba cuánto había que poner de cada cosa. Fue muy amable –recordó–. Mucha gente fue amable.

Él lo quería saber todo... los pequeños detalles, las sensaciones, los recuerdos. Y por eso mismo, sabía que debía sondearla con cautela.

–¿Cuánto trabajaste allí?

–Dos años. Perdí la cuenta de todas las camas que hice.

–¿Luego montaste tu propio negocio?

–Luego monté la tienda de buceo –tomó una galletita fina y la partió por la mitad–. Fue una apuesta, pero la apropiada.

–¿Cómo lo llevaste? –esperó hasta que lo miró–. Con tu hija.

Liz se retrajo. Pudo oírlo en su voz.

–No sé a qué te refieres.

–Mantuvo el tono de voz ligero, sabiendo que ella jamás respondería a la presión.

–No muchas mujeres habrían podido lograr lo que tú conseguiste. Estabas sola, embarazada, ganándote la vida.

–¿Parece tan inusual? –pensar en ello hizo que sonriera–. Hay un límite para las elecciones, ¿no?

–Mucha gente habría tomado otra.

Ella aceptó el comentario con un gesto de asentimiento.

–Uno diferente no habría sido el apropiado para mí –bebió vino mientras dejaba que su mente volviera atrás–. Estaba asustada. Al principio, bastante, pero menos a medida que pasaba el tiempo. La gente se mostró muy buena conmigo. Podría haber sido distinto si no hubiera sido afortunada. Me puse de parto cuando limpiaba la habitación 328 –los ojos adquirieron una expresión cálida, como si acabara de ver algo precioso–. Recuerdo que sostenía unas cuantas toallas y pensaba: «Oh, Dios, ha llegado el momento, y sólo he completado la mitad de mis habitaciones» –rió y volvió a dedicarse a comer.

El cuenco de Jonas se enfriaba.

–¿Trabajaste el día que nació tu hija?

–Desde luego. Estaba sana.

–Conozco a hombres que piden el día libre si van a ir al dentista para un empaste.

Ella volvió a reír y le pasó las galletitas.

–Quizá las mujeres aceptan las cosas según vienen.

«Sólo algunas mujeres», pensó él. «Sólo unas pocas y excepcionales mujeres».

–¿Y luego?

–Luego volví a tener suerte. Una mujer con la que trabajaba conocía a la señora Alderez. Cuando Faith nació, su hija menor acababa de cumplir los cinco años. Durante el día ella se ocupaba de Faith, para que yo pudiera ir a trabajar.

La galletita se deshizo en sus manos.

–Debió de ser difícil para ti.

–Lo único duro era dejar a mi pequeña cada mañana, pero la señora fue maravillosa con Faith y conmigo. Fue así como encontré esta casa. En cualquier caso, una cosa condujo a la otra. Establecí la tienda de buceo.

Se preguntó si ella se daba cuenta de que cuanto más sencilla era su descripción, más conmovedora sonaba.

–Has dicho que la tienda fue una apuesta.

–Todo lo es. Si me hubiera quedado en el hotel, jamás habría podido darle a Faith lo que quería darle. Y supongo que yo misma me habría sentido engañada. ¿Quieres un poco más?

–No –se puso de pie para llevar los cuencos al fregadero mientras pensaba cómo abordarla. Como dijera lo equivocado, volvería a retraerse. Cuanto más le contaba. Descubría que necesitaba conocer más–. ¿Dónde aprendiste a bucear?

–Aquí en Cozumel, cuando apenas era un poco

mayor que Faith –por costumbre, comenzó a guardar lo que había sobrado mientras Jonas abría el grifo del fregadero–. Mis padres me trajeron. Se me dio bien desde el principio. Fue como... no sé, supongo que como aprender a volar.

–¿Por eso regresaste?

–Regresé porque aquí siempre me sentí en paz. Necesitaba sentirme en paz.

–Pero aún debías ir a la universidad en Estados Unidos.

–Estaba en la universidad –se agachó para cambiar la distribución de las cosas que había en la nevera para ganar espacio–. En mi primer año. Iba a ser bióloga marina, una profesora que ilumina a su clase sobre los misterios del mar. Una científica que encontraría todas las respuestas. Era un sueño tan grande... Empequeñecía todo lo demás hasta el punto de que estudiaba constantemente y rara vez salía. Entonces... –calló. Se irguió despacio y cerró la nevera–. Querrás la luz encendida para lavar esos platos.

–Entonces, ¿qué? –demandó Jones, tomándola por el hombro cuando encendía la luz.

Lo miró. La luz caía sobre ellos sin las sombras cambiantes de las velas.

–Entonces conocí al padre de Faith, y ése fue el fin de los sueños.

La necesidad de saber le eclipsó el juicio. Olvidó ser cauteloso.

–¿Lo amabas?

–Sí. En caso contrario, no habría habido ninguna Faith.

No era la respuesta que había querido.

–Entonces, ¿por qué la crías sola?

–Eso es obvio, ¿no? –repuso con furia al tiempo que le apartaba la mano–. Él no me quiso.

–Te quisiera o no, tenía una responsabilidad contigo y con la niña.

–No me hables de responsabilidades. Faith es mi responsabilidad.

–La ley lo considera de otra manera.

–Quédate con la ley –espetó–. Él podía citarla de memoria y no significaba nada. No nos quería.

–¿De modo que dejaste que el orgullo te aislara de tus derechos? –impaciente, metió las manos en los bolsillos y regresó al fregadero–. ¿Por qué no luchaste por aquello a lo que tenías derecho?

–¿Quieres los detalles, Jonas? –el recuerdo reavivó un dolor y una vergüenza particulares. Liz se concentró en la furia. Volvió a la mesa, tomó la copa de vino y bebió un largo trago–. Yo aún no había cumplido los dieciocho años. Iba a la universidad a estudiar exactamente lo que quería estudiar, para hacer exactamente lo que quería hacer. Me consideraba mucho más madura que algunas de mis compañeras que iban coqueteando de clase en clase, más preocupadas de dónde estaría la acción aquella noche. Yo pasaba casi todas las tardes en la biblioteca. Fue ahí donde lo conocí. Estaba en su último año de facultad y sabía que si no lo aprobaba, no se iba a encontrar un buen ambiente en casa. Su familia llevaba en la abogacía o en la política desde la Revolución. Tú entiendes lo del honor familiar, ¿verdad?

La flecha dio en el blanco, pero él sólo asintió.

–Entonces, deberías entender el resto. Nos veíamos todas las noches en la biblioteca, de modo que fue natural que comenzáramos a hablar, luego a tomar una taza de café. Era inteligente, atractivo, de unos modales maravillosos y divertido –casi con violencia, apagó las velas–. Me enamoré perdidamente de él. Me traía flores y me llevaba a dar largos paseos los sábados por la noche. Cuando me dijo que me amaba, lo creí. Pensé que tenía el mundo en las palmas de las manos.

Dejó la copa de vino, impaciente por terminar. Jonas guardó silencio.

–Me dijo que nos casaríamos en cuanto se estableciera. Nos sentábamos en su coche y contemplábamos las estrellas, y él me hablaba de su hogar en Dallas y de las habitaciones maravillosas que tenía. Las fiestas, los criados, los candelabros. Era como un cuento donde al final todos viven felices para siempre. Entonces, un día llegó su madre –rió, pero agarró el respaldo de su silla hasta que los nudillos se le pusieron blancos. Aún podía sentir la humillación.

»De hecho, envió al chófer a buscarme a la universidad. Marcus no había mencionado que iría a verlo, pero yo estaba encantada de poder conocerla al fin. Junto a la acera había un Rolls fabuloso, de ésos que sólo ves en las películas. Cuando el chófer me abrió la puerta, me sentí en las nubes. Pero cuando entré, ella me puso al corriente de los hechos de la vida. Su hijo tenía una cierta posición que mantener, una imagen que proyectar. Estaba segura de que yo era una chica muy agradable, pero en absoluto adecuada para un Jensann de Dallas.

Jonas entrecerró los ojos al oír el nombre, pero no dijo nada. Inquieta, Liz fue a la cocina y comenzó a limpiar su superficie.

–Me dijo que ya había hablado con su hijo y que él entendía que había que ponerle fin a la relación. Entonces me ofreció un cheque en compensación. Me sentí humillada, y peor, estaba embarazada. Aún no se lo había contado a nadie, ya que acababa de enterarme aquella misma mañana. No acepté su dinero. Me bajé del Rolls y fui directamente a ver a Marcus. Estaba segura de que me amaba lo suficiente como para dejarlo todo por mí, y por nuestro bebé. Me equivoqué.

Tenía los ojos tan secos, que le dolían. Se los frotó unos momentos.

–Cuando fui a verlo, se mostró muy lógico. Había sido agradable; se había terminado. Sus padres controlaban el dinero y era importante mantenerlos contentos. Pero quería que supiera que todavía podíamos vernos de vez en cuando, mientras no fuera nada público. Cuando le hablé del bebé, se puso furioso. ¿Cómo había podido hacer algo así? *Yo*.

»Fue como si hubiera concebido al bebé completamente sola. No iba a permitir que una chica tonta que se había quedado embarazada le arruinara la vida. Me dijo que tenía que deshacerme de él. Como si Faith fuera algo que pudiera borrarse y olvidarse. Me puse histérica. Él perdió los nervios. Hubo amenazas. Él dijo que haría correr el rumor de que me acostaba con un montón de chicos y que sus amigos lo respaldarían. Jamás sería capaz de demostrar que el bebé era suyo. Dijo que mis padres quedarían humillados, y que si intentaba seguir adelante, hasta podría demandarlos. Soltó un montón de frases legales que no pude entender, pero sí comprendí que había terminado conmigo. Su familia tenía mucha influencia en la universidad, y dijo que se encargaría de que me expulsaran. Como fui lo bastante tonta para creer todo lo que dijo, me sentí aterrada. Me dio un cheque y dijo que me fuera a otro estado... mejor aún, a otro país, a ocuparme de las cosas. De esa manera nadie tendría que saberlo.

»Durante una semana, no hice nada. Iba a clase como en una nube, pensando que despertaría y vería que todo había sido un mal sueño. Entonces me enfrenté a ello. Escribí a mis padres, contándoles lo que podía. Vendí el coche que me habían regalado al graduarme en el instituto, cobré el cheque de Marcus y vine a Cozumel a tener a mi bebé.

Había querido saber, incluso lo había exigido, pero en ese momento sentía que un puño le atenazaba las entrañas.

–Podrías haberte ido con tus padres.

–Sí, pero en esa época, Marcus me había convencido de que se sentirían avergonzados. Me dijo que me odiarían y que considerarían que el bebé era una carga.

–¿Por qué no fuiste a ver a su familia? Tenías derecho a que te cuidaran.

–¿Ir a verlos a ellos? ¿Qué me cuidaran ellos? Antes habría ido al infierno.

Hasta ese momento, nunca había oído veneno en su voz. Aguardó un momento, hasta tener la certeza de que podía hablar con calma.

–Ni siquiera lo saben, ¿verdad?

–No. Y jamás lo sabrán. Faith es mía.

–¿Y qué sabe Faith?

–Sólo lo que tiene que saber. Jamás le mentiría.

–¿Y sabes que Marcus Jensann tiene la vista puesta en el senado y quizá en algo más elevado?

–¿Lo conoces? –preguntó, palideciendo.

–Sólo por su reputación.

El pánico apareció y se desvaneció, para regresar con fuerza redoblada.

–No sabe que Faith existe. Ninguno de ellos lo sabe. No pueden.

Sin dejar de mirarla, se acercó un paso.

–¿A qué le tienes miedo?

–Al poder. Faith es mía y va a seguir siendo mía. Ninguno de ellos la tocará jamás.

–¿Por eso te quedas aquí? ¿Te ocultas de ellos?

–Haré lo que sea necesario para proteger a mi hija.

–Aún te tiene asustada –furioso por ella, la tomó de los brazos–. Tiene a una adolescente asustada dentro de ti a la que nunca se le ha concedido la oportunidad de estirarse y sentirse viva. ¿No sabes que un hombre como ése jamás querría recordar quién eres? Sigues huyendo de un hombre que ni siquiera te reconocería en la calle.

Lo abofeteó con la fuerza suficiente como para girarle la cara. Con respiración agitada, retrocedió, consternada por una exhibición de violencia que no había sabido que poseía.

–No me digas de qué huyo –susurró–. No me digas lo que siento –dio media vuelta y huyó. Antes de que llegara a la puerta de entrada, él volvió a sujetarla y la obligó a girar.

Jonas ya no sabía por qué su furia era tan intensa, sólo que se hallaba más allá del punto en que podía controlarla.

–¿Cuánto has abandonado por él? –demandó–. ¿Cuánto has cerrado a tu vida?

–¡Es mi vida! –le gritó.

–Y no la compartes con nadie salvo con tu hija. ¿Qué diablos vas a hacer cuando crezca? ¿Qué diablos vas a hacer dentro de veinte años, cuando no tengas nada salvo tus recuerdos?

–No –las lágrimas le llenaron los ojos con demasiada celeridad como para poder contenerlas.

La giró hasta que tuvo que volver a mirarlo.

–Todos necesitamos a alguien. Incluso tú. Ya es hora de que alguien te lo demuestre.

–No.

Intentó girar la cabeza pero él fue rápido. Con la

boca le aplastó la suya y Liz no pudo hacer nada, porque tenía los brazos entre los cuerpos de ambos y los de Jonas eran como hierro a su alrededor. Las emociones ya mezcladas con miedo y furia se confundieron más con la pasión. Ella luchó para no ceder ante ninguna de ellas mientras la boca de él exigía entrega y respuesta.

–No luchas contra mí –le dijo, quemándola con la mirada–. Estás luchando contra ti misma. Llevas haciéndolo desde que nos conocimos.

–Quiero que me sueltes –deseó que la voz sonara fuerte, pero le tembló.

–Sí. Quieres que te suelte tanto como deseas que no lo haga. Has estado tomando tus propias decisiones desde hace tiempo, Liz. En esta ocasión tomaré una por ti.

La protesta furiosa se perdió contra su boca al tiempo que la tumbaba en el sofá. Atrapada debajo de él, el cuerpo comenzó a encendérsele y la sangre a agitarse. Sabía que luchaba contra sí misma. Tenía que luchar contra ella antes de poder oponerse a él. Pero iba perdiendo.

Oyó su propio gemido cuando los labios de Jonas bajaron a su cuello, y fue un gemido de placer. Sintió la dureza del cuerpo de él contra el suyo mientras se arqueaba, pero no en un movimiento de protesta. Parecía decir: «Deséame. Deséame por lo que soy».

El pulso comenzó a palpitarle en partes del cuerpo que llevaban dormidas muchos años. La vida estalló a través de ella como un viento ardiente hasta que quebró todas las líneas de defensa. Con un gemido desesperado, le tomó la cara entre las manos y volvió a bajarle la boca a la suya.

Pudo probar la pasión, la vida, las promesas. Las quería todas. Un sonido brotó de su garganta que no supo que era una carcajada hasta que se envolvió en torno a él. Los dos lo deseaban. Al cuerno todo lo demás.

No sabía lo que lo había impulsado... ira, necesidad, dolor. Lo único que sabía ya era que necesitaba tenerla en cuerpo, alma y mente. Estaba salvaje debajo de él, pero ya no se resistía. Cada movimiento era una exigencia de que tomara más, de dar más, y nada parecía lo bastante rápido. Era una tormenta descontrolada, un fuego desesperado por consumir. Fuera lo que fuere lo que hubiera liberado dentro de Liz, se había soltado y lo había hecho prisionero.

Le quitó la camisa por encima de la cabeza y la tiró a un lado. El corazón le atronó. Era tan pequeña, tan delicada. Pero en su interior llevaba una bestia que había permanecido encerrada demasiado tiempo. Le tomó un pezón en la boca y ambos flotaron ingrávidos. Tenía un sabor fresco y olía como una mujer en su fase más seductora. El cuerpo de Liz, tenso como un arco y ardiente como un cometa, se arqueó hacia él. La inocencia que era parte integral de ella temblaba justo por debajo de la pasión libertina. Ningún hombre vivo habría sido capaz de resistirlo. Enterró la boca en la garganta de ella cuando sintió que la camisa se desgarraba por su espalda.

Liz apenas sabía lo que hacía. Tocarlo enviaba exigencias a su cerebro que no podía negar. Quería sentirlo contra su cuerpo, piel sobre piel, experimentar la intimidad que ya no se negaba a permitirse. No había habido nadie más. Al sentir que las pieles se fusionaban, entendió el porqué. Sólo existía Jonas. Acercó la boca para volver a probarlo.

Él le quitó los pantalones y la dejó desnuda, pero Liz no se sintió vulnerable. Se sentía invulnerable. Casi sin poder respirar, luchó con la ropa de él. Luego no le dio alternativa. Desesperada por esa última liberación, lo rodeó con las piernas y lo atrajo hacia ella hasta quedar llena. Ante la conmoción de la primera cumbre alcanzada, abrió los ojos. A centímetros, él le observaba la cara. La boca le tembló, pero antes de poder recuperar el aliento, Jonas la elevaba más alto, más deprisa. No supo cuánto tiempo se equilibraron en el precipicio, atrapados entre el placer y la consumación. Entonces él la rodeó con los brazos y Liz lo imitó. Juntos, se liberaron.

Ella no habló. Su sistema fue relajándose poco a poco. Él no se movió. Había alterado la distribución de su peso, pero la había rodeado con los brazos y allí los dejó. Liz necesitaba que él hablara, que dijera algo que situara lo que acababa de pasar en perspectiva. Sólo había tenido otro amante y había aprendido a no albergar expectativas.

Jonas apoyó la frente sobre el hombro de ella un

momento. Estaba luchando con sus propios demonios.

–Lo siento, Liz.

No habría podido decir nada peor. Cerró los ojos y obligó que sus emociones se vaciaran. Casi lo consiguió. Más firme, alargó la mano hacia la maraña de ropa que había en el suelo.

–No necesito una disculpa –con la ropa hecha una bola en su brazo, Liz salió rápidamente del dormitorio.

Jonas suspiró y se sentó. Daba la impresión de que le resultaba imposible tocar las teclas adecuadas con Liz Palmer. Cada movimiento que hacía, parecía un movimiento hacia atrás. Aún lo aturdía haber sido tan rudo con ella, haberle dejado tan poca elección en el resultado final. Cuando en la cocina le había contado todo lo que había sufrido, algo en él había comenzado a hervir. Que al final hubiera adoptado la forma de la pasión no era algo que pudiera explicar con facilidad, ni justificar. Su disculpa había sido inapropiada, pero no tenía mucho más.

Se puso los pantalones y fue a su dormitorio. No debería haberlo sorprendido descubrir que iba en la dirección del de Liz. La encontró poniéndose una bata.

–Es tarde, Jonas.

–¿Te he hecho daño?

Le lanzó una mirada que hizo que la culpabilidad le atenazara las entrañas.

–Sí. Ahora quiero darme una ducha antes de acostarme.

–Liz, no hay excusa para haber sido tan rudo, y no es posible compensártelo, pero...

–Tu disculpa me dolió –lo interrumpió–. Y ahora, si ya has dicho todo lo que tenías que decir, me gustaría estar sola.

La miró un momento, luego se pasó una mano por el pelo. ¿Cómo habría podido convencerse de que la entendía, cuando tanto en ese momento como siempre, había sido un enigma?

–Maldita sea, Liz, no me disculpaba por hacer el amor contigo, sino por la falta de delicadeza. Prácticamente te tiré al suelo y te arranqué la ropa.

Ella juntó las manos y trató de mantener la calma.

–Yo te arranqué la tuya.

–Sí, es verdad –sonrió.

El humor no se asomó a los ojos de ella.

–¿Y quieres una disculpa?

Se acercó a ella y apoyó las manos en sus hombros.

–No. Supongo que lo que me gustaría que dijeras es que me deseabas tanto como yo te deseaba a ti.

El valor de ella se debilitó, de modo que miró más allá de su hombro.

–Habría creído que eso era obvio.

–Liz –con gesto suave, le giró la cara hacia él.

–De acuerdo, te deseaba. Y ahora...

–Ahora –interrumpió él, ¿quieres escuchar?

–No hay necesidad de decir nada.

–Sí la hay –caminó con ella hacia la cama y la sentó. La luz de la luna jugó sobre sus manos cuando se la tomó–. Vine a Cozumel por un motivo. Mis sentimientos al respecto no han cambiado, pero sí otras cosas. Cuando te conocí, pensé que sabías algo, que escondías algo. Vinculé todo sobre ti con Jerry. No tardé mucho en ver que había otra cosa. Quise conocer todo de ti por mí mismo.

–¿Por qué?

–No sé. Es imposible no interesarse por ti –sonrió ante la expresión de sorpresa de ella–. Proyectas una imagen de autosuficiencia y, al mismo tiempo, logras parecer una niña abandonada. Esta noche, adrede te induje a que me hablaras de Faith y de lo que te había traído aquí. Cuando me lo contaste, no pude soportarlo.

–Eso es comprensible –separó la mano de la de él–. A casi todas las personas les cuesta asimilar a las madres solteras.

Sintió furia al volver a tomarle las manos.

–Deja de poner palabras en mi boca. Estabas en la cocina contándomelo y pude verte, joven, ansiosa y confiada, traicionada y herida. Pude ver lo que te había hecho, cómo te había aislado de cosas que querías hacer.

–Te dije que no lamento nada.

–Lo sé –le alzó una mano y se la besó–. Supongo que por un momento, yo necesité lamentarlo por ambos.

–Jonas, ¿crees que la vida de alguien sale como la había planeado siendo niño?

Rió un poco al rodearla con un brazo y pegarla a él. Liz se quedó quieta un momento, sin saber muy bien cómo reaccionar a esa muestra espontánea de afecto. Luego apoyó la cabeza en su hombro y cerró los ojos.

–Jerry y yo íbamos a ser socios.

–¿En qué?

–En todo.

Ella tocó la moneda que llevaba en el extremo de la cadena.

–Él tenía una igual.

–Nuestros abuelos nos las regalaron cuando éramos niños. Son piezas idénticas de oro de cinco dólares. Es gracioso, yo siempre llevo la mía hacia arriba. Jerry llevaba la suya hacia abajo –cerró los dedos sobre la moneda–. Robó su primer coche cuando teníamos dieciséis años.

–Lo siento –fue ella quien lo tomó de la mano.

–La cuestión es que no necesitaba hacerlo... teníamos acceso a cualquier coche del garaje. Me contó que quería comprobar si podía salirse con la suya.

–No te hizo la vida fácil.

–No, no hacía que la vida fuera fácil. En especial para él mismo. Pero jamás hizo algo por mezquindad. Hubo momentos en que lo odié, pero jamás dejé de quererlo.

–El amor duele más que el odio –se acercó a él.

Le besó la parte superior de la cabeza.

–Liz, supongo que nunca hablaste con un abogado sobre Faith, ¿verdad?

–¿Por qué debería hacerlo?

–Marcus tiene una responsabilidad, como mínimo una responsabilidad financiera, contigo y con Faith.

–Una vez acepté dinero de Marcus. Nunca más.

–La pensión para la manutención de la niña podría arreglarse con un mínimo de molestias. Podrías dejar de trabajar siete días a la semana.

Respiró hondo y se apartó hasta poder verle el rostro.

–Faith es mi hija, ha sido mi hija desde el momento en que Marcus me entregó un cheque. Podría haber abortado y continuado con mi vida tal como la había planeado. Elegí no hacerlo. Elegí tener el bebé, criar al bebé, mantener al bebé. Desde que nació, nunca me ha proporcionado otra cosa que no fuera placer y no tengo intención de compartirla.

–Un día te va a preguntar cómo se llama su padre.

Liz se humedeció los labios, pero asintió.

–Entonces, ese día se lo contaré. Tendrá que tomar su propia elección.

No quería presionarla en ese momento, pero no había ningún motivo para no pedirle a su pasante que comenzara a investigar los casos de paternidad y las leyes sobre pensiones infantiles.

–¿Vas a dejarme conocerla? Sé que el trato es que tengo que estar fuera de la casa y de tu vida cuando ella venga. Lo haré, pero me gustaría la oportunidad de conocerla.

–Si sigues en México.

–Una pregunta más.

–Una más –la sonrisa fue más fácil.

–No ha habido otros hombres, ¿verdad?

–No –la sonrisa se desvaneció.

Él sintió oleadas gemelas de gratitud y culpa.

–Entonces, deja que te muestre cómo debería ser.

–No hace falta...

Con suavidad, le apartó el pelo de la cara.

–Sí, hace falta. Para los dos –le cerró los ojos con unos besos–. Te he deseado desde el principio –la boca sobre la suya fue dulce como la lluvia de primavera. Le deslizó la bata por los hombros y siguió el rastro con labios cálidos–. Tu piel es como oro –murmuró mientras pasaba un dedo por los pechos allí donde el tono cambiaba–. Y tan pálida. Quiero verte toda.

–Jonas...

–Toda –repitió, mirándola a los ojos hasta que la llama volvió a encenderse–. Quiero hacerte el amor.

Aunque sabía lo que era formar parte de otra persona, jamás había esperado sentir esa unión otra vez. Fuerte, compleja, inevitable, la emoción lo anegó. Pertenecía a ella con la misma plenitud con que quería que ella le perteneciera.

La tomó lentamente, para que la excitación que la recorría pareciera interminable. Sintió la piel de Jonas húmeda cuando le besó el cuello. Los latidos eran tan fuertes como los suyos. La invadió una sensación embriagadora de triunfo, que quedó desterrada por la pasión.

Entonces la subió hasta él, y su cuerpo, líquido y flexible por la emoción, se elevó como una ola para pegarse al de Jonas. Abrazados, con las bocas unidas, se movieron al mismo ritmo. Liz pudo sentir los latidos veloces del corazón de Jonas contra su pecho.

Todavía unidos, volvieron a descender. El ritmo se aceleró. La desesperación se incrementó. Ella lo oyó jadear su nombre antes de que las esclusas estallaran y fuera arrastrada por la corriente.

IX

Desde niña no se quedaba en la cama hasta las diez. Y se sintió irresponsable como una niña mientras ponía la cafetera. Era verdad que Luis podía dirigir los barcos y la tienda tan bien como ella, pero no era el negocio de él, sino el suyo. Y ahí estaba, preparando café a las diez de la mañana, con el cuerpo aún cálido por haber hecho el amor. Nada había vuelto a ser lo mismo desde que Jonas Sharpe se había presentado ante su puerta.

–Es inútil que te castigues por haberte dado una mañana libre –manifestó él a su espalda.

Liz puso pan en la tostadora.

–Supongo que sí, ya que ni siquiera conozco el programa de hoy.

–Liz –la tomó por los brazos y la hizo girar hacia él. La estudió, evaluando su estado de ánimo antes de hablar–. ¿Sabes?, en Filadelfia se me considera un adicto al trabajo. Tengo amigos que han expresado preocupación por la carga de trabajo que acepto y por las horas que le dedico. Comparado contigo, parezco un jubilado.

Ella juntó las cejas como hacía cuando se concentraba. O cuando estaba irritada.

–Todos hacemos lo que tenemos que hacer.

–Es cierto. Parece que lo que yo tengo que hacer es hostigarte hasta que te relajes.

No le quedó más remedio que sonreír. Lo dijo de forma tan razonable... y sus ojos estaba risueños.

–Estoy convencida de que tienes fama por ser un experto en hostigamiento.

–Me doctoré en la universidad.

–Bien por ti. Pero yo soy una experta en dosificar mi propio tiempo. Y ya está lista mi tostada.

Dejó que la sacara, esperó hasta que le untara mantequilla y luego le dio un mordisco.

–Has mencionado clases de buceo.

Aún seguía ceñuda cuando oyó que el café borboteaba. Fue a sacar una taza, pero luego se ablandó y sacó dos.

–¿Qué pasa con ellas?

–Tomaré una clase. Hoy.

–¿Hoy? –le dio una taza y comenzó a beber de la suya de pie junto a la cocina–. He de ver qué hay programado. Tal como han ido las cosas, los dos barcos de buceo ya deben de haber salido.

–No quiero una clase de grupo, sino una privada. Puedes llevarme en el Expatriate.

–Por lo general, es Luis quien se encarga de las clases privadas.

Le sonrió.

–Prefiero tratar con la dirección.

Liz se limpió las migas de los dedos.

–De acuerdo, entonces. Serán caras.

Alzó la taza en saludo.

–En ningún momento lo dudé.

Liz reía cuando Jonas se metió en una espacio reducido en el aparcamiento del hotel.

–Si te había robado, ¿por qué lo defendiste?

–Todo el mundo tiene derecho a una buena defensa –le recordó–. Además, supuse que si lo aceptaba como cliente, dejaría en paz mi cartera.

–¿Y lo hizo?

–Sí –le tomó la mano mientras cruzaban la acera en dirección a la arena–. A cambio, me robó el reloj.

Ella rió entre dientes, un sonido juvenil que nunca antes le había oído.

–¿Y conseguiste que lo dejaran en libertad?

–Dos años de libertad condicional. Mira, parece que el negocio va bien.

Liz se protegió los ojos contra el sol y miró en dirección a la tienda. Luis se ocupaba de suministrarle a dos parejas equipación de snorkel. Una mirada a la izquierda le mostró que en el puerto sólo seguía el Expatriate.

–Cozumel se está volviendo demasiado popular –murmuró.

–¿No es ésa la idea?

–¿Para los negocios? –movió los hombros–. Sería una tonta si me quejara.

–¿Pero?

–Pero a veces creo que sería agradable si pudiera bloquear los cambios. No quiero ver el agua manchada con bronceador. Hola, Luis.

–¡Liz! –miró brevemente a Jonas antes de sonreírle a ella–. Creíamos que quizá nos habías abandonado. ¿Te ha gustado Acapulco?

–Estaba... diferente –decidió; de inmediato se metió detrás del mostrador para ver la agenda del día–. ¿Algún problema?

–José se encargó de un par de reparaciones. Traje a Miguel para que nos echara una mano, pero sin quitarle la vista de encima. Conseguí estos folletos sobre las motos de agua –sacó un panfleto lleno de color, pero Liz sólo asintió.

–¿Hemos llevado a los Brinkman a Palancar?

–Dos días seguidos. A Miguel le caen bien. Dan buenas propinas.

–Mmm. Llevas la tienda solo.

–No hay problema. Eh, vino un tipo –frunció el ceño mientras trataba de recordar el nombre–. Un tipo flaco, americano. ¿Recuerdas al que llevaste en el recorrido para principiantes?

Hojeó los recibos y quedó satisfecha.

–¿Trydent?

–Sí, ese. Pasó un par de veces.

–¿Alquiló algo?

–No –Luis meneó las cejas–. Te buscaba a ti.

Liz se encogió de hombros. Si no había alquilado nada, no le interesaba.

–Si tienes todo bajo control, voy a llevar al señor Sharpe a una clase de buceo.

Luis miró rápidamente a Jonas, luego desvió la vista. El hombre lo ponía incómodo, pero a Liz se la veía más feliz que en muchas semanas.

–¿Quieres que traiga el equipo?

–No, yo me encargaré –alzó la vista y le sonrió a Jonas–. Prepárale al señor Sharpe un impreso de alquiler y dale un recibo por el equipo, la lección y el trayecto en barco. Como son... –calló mientras miraba la hora– casi las once, cóbrale la mitad de la tarifa del día.

–Eres toda generosidad –murmuró él cuando ella fue a elegir la equipación.

–Tiene a la mejor profesora –le dijo Luis, pero no pudo dedicarle más que otro vistazo casi furtivo.

–Estoy seguro de que tiene razón –con despreocupación, giró el periódico que había en el mostrador. Echaba de menos poder desayunar leyendo las noticias. Los titulares en español no le decían nada–. ¿Hay algo que sea interesante? –preguntó, indicando el diario.

Luis se relajó un poco mientras escribía. La voz de Jonas no se parecía mucho a la de Jerry cuando no se lo miraba.

–Aún no he tenido la posibilidad de hojearlo. Ha sido una mañana ajetreada.

Siguiendo la costumbre, pasó las hojas. Y ahí, en

una foto en blanco y negro, estaba Erika. Tensó los dedos. Miró atrás y vio que Liz se hallaba ocupada, de espaldas a él. Sin decir una palabra, deslizó el periódico por encima del recibo que rellenaba Luis.

–Eh, ésa es...

–Lo sé –reconoció en voz baja–. ¿Qué pone?

Luis se inclinó sobre el texto para leer. Se irguió otra vez muy despacio. De pronto se lo veía pálido.

–Muerta –susurró–. Está muerta.

–¿Cómo?

–Apuñalada –abrió y cerró los dedos sobre el bolígrafo con el que leía.

Jonas pensó en el cuchillo que habían acercado al cuello de Liz.

–¿Cuándo?

–Anoche –tuvo que tragar saliva dos veces–. La encontraron anoche.

–Jonas –llamó Liz desde atrás–, ¿cuánto pesas?

Sin dejar de mirar a Luis, giró otra vez el diario.

–Setenta y ocho kilos. No necesita enterarse de esto ahora –añadió en voz baja. Sacó unos billetes de la cartera y los depositó en el mostrador–. Termine de rellenar el recibo.

Tras una lucha interna, Luis dominó su propio miedo y se irguió.

–No quiero que le pase nada a Liz.

Jonas se enfrentó a la mirada con un desafío que sostuvo durante varios segundos tensos antes de relajarse. El hombre más pequeño estaba aterrado, pero pensaba en Liz.

–Yo tampoco. Voy a encargarme de que así sea.

–Usted trajo problemas.

–Lo sé –cambió la dirección de su mirada para dirigirla hacia Liz–. Pero si yo me marcho, los problemas no lo harán.

Por primera vez, Luis se obligó a estudiar la cara de Jonas. Tras un momento, suspiró.

–Su hermano me caía bien, pero creo que fue él quien trajo los problemas.

–Ya no importa quién los trajo. Voy a cuidar de ella.

–Entonces, cuídela bien –advirtió Luis–. Cuídela bien de verdad.

–Primera lección –dijo Liz al abrir la puerta del almacén–. Cada buceador carga con su equipo y es responsable de él –giró la cabeza hacia donde estaba Jonas.

Con un último vistazo a Luis, fue a recogerlo.

–Prepararse para una inmersión es el doble de trabajo que la misma inmersión –comenzó mientras alzaba sus tanques–. Pero merece la pena. Volveremos antes del crepúsculo, Luis. Hasta luego.

–Liz –ella se detuvo y lo miró. Él miró a Jonas, luego volvió a centrarse en ella–. Hasta luego –logró decir antes de cerrar los dedos sobre la medalla que llevaba alrededor del cuello.

En el momento en que estuvo a bordo, Liz volvió a acomodar el equipo. Como algo habitual, comprobó los medidores del Expatriate.

–¿Puedes soltar amarras? –le preguntó a Jonas.

Le acarició el pelo, sorprendiéndola. Parecía tan competente, tan en control de la situación. Se preguntó si permaneciendo cerca la protegía o la ponía en peligro. Empezaba a resultar vital creer en lo primero.

–Puedo encargarme de ello.

Sintió un aleteo en el estómago mientras seguía mirándola.

–Entonces, será mejor que dejes de mirarme y lo hagas.

–Me gusta mirarte –la acercó por el deseo que tenía de abrazarla–. Podría pasar años mirándote.

Subió los brazos, titubeó y volvió a bajarlos a los costados. Sería tan fácil creer. Confiar otra vez, dar otra vez, sufrir otra vez. Quería hablarle del amor que crecía en su interior, que se extendía y fortalecía con cada momento. Pero si lo hacía, ya ni siquiera tendría la ilusión del control. Y sin control, se hallaba indefensa.

–Es una lección de buceo –le recordó–. Y no podrás sumergirte a menos que sueltes amarras.

–Sí, sí, señor –pero le dio un beso que la dejó sin aliento antes de saltar otra vez al embarcadero.

Liz respiró hondo y soltó el aire despacio antes de encender los motores. Pensó que Jonas estaba ganando una batalla que ni siquiera sabía que libraba. Aguardó que él volviera a subir a la embarcación antes de acelerar.

–Hay muchos lugares donde bucear en los que no se necesita un barco, pero pensé que te gustaría algo lejos de las playas. Palancar es uno de los arrecifes más hermosos del Caribe. Probablemente, es el mejor sitio donde empezar, porque el extremo norte es somero y la pared desciende en pendiente suave en vez de tener una caída vertical. Hay un montón de cuevas y pasadizos, de modo que es una inmersión interesante.

–No me cabe ninguna duda, pero tenía otra cosa en mente.

–¿Otra cosa?

Sacó un libro pequeño del bolsillo y lo hojeó.

–¿Qué te parecen estos números a ti?

Liz reconoció el libro. Era el mismo que había usado en Acapulco para copiar los números que había en el cuaderno que tenía su hermano en la caja de seguridad. Se recordó que él aún tenía sus prioridades, luego puso el barco en punto muerto para que flotara a la deriva.

Los números estaban escritos en líneas precisas. Cualquier niño que hubiera prestado atención en la clase de geografía los reconocería.

–Longitudes y latitudes.

–¿Tienes un mapa? –asintió.

Comprendió que lo había planeado desde el primer momento de ver los números. Que fueran amantes no cambiaba nada.

–Desde luego, pero no lo necesito para esto. Conozco las aguas. Se encuentra en las afueras de Isla de las Mujeres –adaptó el curso e incrementó la velocidad–. Es un trayecto largo. Más vale que te relajes.

Comenzó a masajearle los hombros.

–No encontraremos nada, pero debo ir.

–Lo entiendo.

–¿Preferirías que fuera solo?

Movió la cabeza con fuerza, pero no dijo nada.

–Liz, éste tenía que ser su punto de entrega. Para mañana, Moralas dispondrá de los números y enviará a sus propios buceadores. He de verlo por mí mismo.

–Persigues sombras, Jonas. Jerry ha muerto. Nada que puedas hacer va a cambiar eso.

–Averiguaré por qué y quién. Eso será suficiente.

–¿Sí? –apretando el timón con fuerza, miró por encima del hombro. Él tenía los ojos cerrados–. No lo creo... no para ti –volvió a concentrarse en el mar. Lo llevaría hasta donde quería ir.

La Isla de las Mujeres era una pequeña joya en el agua. Rodeada de arrecifes y adornada con lagunas hermosas, era uno de los refugios perfectos del Caribe. Otrora había sido conocida por piratas y bendecida por una diosa. Liz ancló en la costa sudoeste. Una vez más, se convirtió en la profesora.

–Es importante saber y entender tanto el nombre como el uso de cada pieza de equipo. No es una simple cuestión de meterte una boquilla en la boca y acomodarte un tanque a la espalda. Prohibido fumar –dijo cuando lo vio sacar un cigarrillo–. Primero, es ridículo atascar tus pulmones, y segundo, es absurdo hacerlo antes de una inmersión.

Jonas dejó la cajetilla en el banco.

–¿Cuánto tiempo vamos a estar sumergidos?

–Menos de una hora. La profundidad aquí llega hasta los veinticinco metros. Eso significa que el nitrógeno en tu suministro de aire será tres veces más denso que a lo que está acostumbrado tu sistema. En algunas personas, a ciertas profundidades, puede causar ciertos desequilibrios. Si empiezas a sentirte mareado, indícamelo de inmediato. Descenderemos por fases, para darle tiempo a tu cuerpo a acostumbrarse a los cambios de presión. Ascenderemos de la misma manera, para tener tiempo de expulsar el nitrógeno. Si subes demasiado rápidamente, te arriesgas a sufrir la enfermedad de la descompresión. Puede ser fatal –mientras hablaba, extendió el equipo con la intención de explicarle cada pieza–. En el agua, no hay que tomar nada por hecho. No es tu medio ambiente. Dependes de tu equipo y de tu sensatez. Es un entorno hermoso y estimulante, pero no es un parque de atracciones.

–¿Es el mismo discurso que ofreces en el barco de buceo?

–Básicamente.

–Eres muy buena.

–Gracias –recogió un medidor–. Ahora bien...

–¿Podemos empezar? –preguntó, recogiendo su traje de neopreno.

–Estamos empezando. No puedes sumergirte sin poseer un conocimiento básico de tu equipo.

–Ése es un medidor de profundidad –señaló lo que ella sostenía en la mano mientras se quedaba en calzoncillos negros–. Muy sofisticado. No creo que la mayoría de las tiendas de buceo considere necesario disponer de productos de tanta calidad.

–Éste es mío –murmuró–. Pero tengo unos pocos para alquiler.

–No creo haber mencionado que tienes el equipo mejor cuidado que jamás he visto. Échame una mano, ¿quieres?

Se incorporó para ayudarlo a enfundarse el traje duro y elástico.

–Ya has buceado con anterioridad.

–Lo he estado haciendo desde los quince años –levantó la cremallera antes de inclinarse para comprobar los tanques.

–Desde los quince años –Liz se quitó la camiseta y la tiró a un lado. Echando chispas por los ojos, se quitó los pantalones cortos hasta quedar sólo con un biquini escueto y el ceño fruncido–. Entonces, ¿por qué me dejaste continuar?

–Me gusta oírte –alzó la vista y sintió que la sangre se le encendía–. Casi tanto como mirarte.

No estaba de humor para aceptar halagos, y menos para que la sedujera. Sin solicitar su ayuda, se enfundó el traje de buceo.

–Seguirás pagando por esta lección.

Él sonrió mientras examinaba las aletas.

–En ningún momento lo he dudado.

En silencio, ella se acomodó el resto del equipo. Alzó la parte superior del banco y de un compartimento extrajo dos palos cortos de metal con forma de bates.

–¿Y eso para qué es? –preguntó él mientras Liz le pasaba uno.

–Un seguro –se ajustó la máscara–. Vamos a bajar a las cuevas donde duermen los tiburones.

–Los tiburones no duermen.

–El contenido de oxígeno en el agua de la cueva los mantiene inactivos. Pero no creas que puedes confiar en ellos.

Sin decir otra palabra, pasó las piernas por el costado del barco y bajó por la escalera.

El agua estaba clara como el cristal, lo que le brindaba una visibilidad de más de diez metros. Al oír a Jonas zambullirse a su lado, se volvió para asegurarse de que realmente sabía lo que hacía. Al captar su mirada escéptica, él simplemente juntó los dedos pulgar e índice en señal de que todo iba bien y luego indicó hacia abajo.

Estaba tenso. Liz podía percibirlo, aunque entendía que no tenía nada que ver con su destreza submarina. Su hermano había buceado en ese mismo sitio una vez... estaba tan segura de ello como Jonas. Y los motivos para esas inmersiones habían sido los mismos motivos que le habían provocado la muerte. En un gesto tan personal como un beso, alargó la mano y le tomó la suya.

Agradecido, Jonas le dio un apretón. No sabía lo que andaba buscando, ni siquiera por qué continuaba haciéndolo cuando ya había encontrado más de lo que había querido. Su hermano había jugado con las reglas y había perdido. Algunos dirían que en eso había justicia. Pero habían compartido el mismo nacimiento. Debía continuar con la búsqueda y mantener la esperanza.

Liz vio las primeras rayas y tiró de las manos de Jonas. Esas cosas jamás fallaban en tocarle el espíritu. Las rayas gigantes viajaban juntas, alimentándose de plancton y ajenas a los intrusos humanos. Sus bocas enormes podían aplastar y devorar crustáceos. Su envergadura de más de seis metros era impresionante. Sin temor, Liz alargó la mano para tocarlas. Sus ojos reían al volver a extender la mano hacia Jonas.

Descendieron más y parte de la tensión de él comenzó a disolverse. Había algo diferente en Liz en ese entorno, una ligereza, una soltura que disolvía la tristeza que siempre daba la impresión de flotar en sus ojos. Parecía libre, y más aún, tan feliz como nunca la había visto. Si era posible enamorarse en cuestión de momentos, Jonas se enamoró en ésos, a doce metros bajo el nivel del mar, de una sirena que había olvidado cómo soñar.

Todo lo que ella veía, todo lo que tocaba, la fascinaba. Podía verlo en el modo en que se movía, en la forma en que observaba todo como si se tratara de su primera inmersión. Si hubiera podido encontrar un modo, se habría quedado con ella allí, rodeados de amor y protegidos por brazas.

Descendieron más pero tomándose tiempo. Si algo maligno había comenzado o terminado allí, no había dejado rastro de su presencia. El mar estaba en calma, silencioso y lleno de una vida demasiado preciosa para existir en el aire.

Cuando la sombra pasó por encima, Liz alzó la vista. En todas sus zambullidas, jamás había visto algo tan espectacular. Miles y miles de pececillos plateados avanzaban juntos en una oleada tan densa que bien podrían haber sido una única criatura. Con los ojos muy abiertos ante tamaña maravilla, alzó los brazos y elevó su cuerpo. La oleada osciló como una unidad, evitando la intrusión. Encantada, le indicó a Jonas que se le uniera. La necesidad de compartir la magia era natural. Ésa era la atracción del mar que la había impulsado a estudiarlo, la había empujado a explorarlo y en una ocasión la había invitado a soñar. Con los dedos entrelazados con los de Jonas, se acercó más. El cardumen se partió por la mitad, de modo que se convirtió en dos formas unificadas que remolineaban a ambos lados de ellos.

Durante un momento, estuvo tan cerca de sus fantasías como nunca lo había estado, rodeada de magia y de la mano de su amante. Eso fue suficiente. Lado a lado, nadaron hacia el lecho marino.

Las cuevas de piedra caliza eran sobrenaturales e imponentes. En un momento Jonas vio la cabeza de una anguila asomarse por una de ellas, bien por curiosidad o bien por advertencia. Una vieja tortuga con percebes pegados a su lomo se elevó de su lugar de descanso bajo una piedra y nadó entre ellos. Entonces, ante la entrada de una cueva, Liz señaló y compartió otro misterio.

El tiburón se movió por la arena como podría hacerlo un perro en una alfombra ante una chimenea. Los ojos pequeños y negros los miraron mientras sus agallas aspiraban lentamente agua. Se movió inquieto. Jonas alargó el brazo para tomar la mano de Liz y alejarla de la entrada, pero ella se acercó un poco más, ansiosa por ver.

Con un movimiento veloz, el tiburón se lanzó hacia la entrada. Jonas trataba de agarrar a Liz y desenfundar su cuchillo, cuando ella simplemente le golpeó la cabeza con el bate de madera. Sin detenerse, el animal nadó hacia mar abierto y desapareció.

Tuvo ganas de estrangularla. Tuvo ganas de decirle lo fascinante que era observarla. Como no podía hacer ninguna de esas cosas, simplemente cerró una mano en torno a su cuello y fingió sacudirla. La risa de ella provocó una danza de burbujas.

El agua y la vida que había en ella resultaban innegablemente hermosos, pero Jonas notaba otras cosas. No habían visto a ningún otro buceador y su propio tiempo casi se había agotado. Las cuevas donde dormían los tiburones también eran un lugar perfecto para esconder un alijo de drogas. Sólo los muy valientes o los muy estúpidos nadarían en el territorio de los escualos por la noche. Pensó en su hermano y supo que Jerry la habría considerado la mejor aventura posible. Un hombre con un motivo podría entrar en las cuevas mientras los tiburones salían a alimentarse.

Liz no había olvidado la razón de Jonas para haber

ido allí. A veinticinco metros por debajo de la superficie, buscaba algo, cualquier cosa, que lo ayudara a aceptar la muerte de su hermano. Y también la vida que había llevado.

Pensó que faltaba poco para que terminara. La policía tenía el nombre del hombre que Jonas les había dado. Se preguntó de dónde lo habría sacado. Lo miró y comprendió que había cosas que no le contaba. Se prometió que también eso terminaría pronto. Entonces, de forma imprevista, se encontró sin aire.

No se dejó dominar por el pánico. Estaba demasiado bien entrenada para eso. De inmediato comprobó el medidor y vio que disponía de diez minutos completos. Se llevó la mano atrás y la pasó por el tubo, sin encontrar nada que pudiera trabarlo. Pero no podía inhalar aire.

Sin importar lo que indicara el medidor, su vida corría peligro. Si nadaba hacia la superficie, sus pulmones quedarían aplastados por la presión. Forzándose a mantener la calma, nadó en línea diagonal hacia Jonas. Cuando lo sujetó por el tobillo, tiró con fuerza. La sonrisa con la que él se volvió, se desvaneció nada más verle los ojos. Al reconocer su señal, de inmediato se quitó la boquilla de la boca y se la pasó a ella. Liz respiró aire. Asintiendo, se la devolvió. Con la mano apoyada en un hombro de él, iniciaron la lenta ascensión.

Compartiendo el oxígeno, emergieron juntos a la superficie, conteniendo el deseo de apresurarse. Lo que tardó sólo unos minutos, les dio la impresión de haberse prolongado de forma interminable. En el momento en que la cabeza de Liz quebró el agua, se echó para atrás la mascarilla y engulló una bocanada de aire.

–¿Qué pasó? –demandó él, pero cuando la sintió ponerse a temblar, maldijo y la subió con él por la escalerilla–. Tranquila –la mano le sostenía con firmeza la espalda mientras subía.

–Estoy bien –pero se derrumbó en el banco, sin la energía para quitarse los tanques. Suspiró aliviada cuando Jonas le quitó el peso de la espalda. Con la cabeza entre las piernas, esperó que la niebla se despejara–. Nunca antes me había pasado algo así –logró decir–. No a veinticinco metros de profundidad.

Él le frotaba las manos para que entrara en calor.

–¿Qué sucedió?

–Me quedé sin aire.

Enfurecido, la tomó por los hombros y la obligó a sentarse.

–¿Te quedaste sin aire? Ése es un descuido imperdonable. ¿Cómo puedes dar clases cuando careces del sentido de vigilar tus propios medidores?

–Lo vigilé –respiró y expulsó el aire despacio–. Deberían haberme quedado diez minutos más.

–¡Alquilas equipo para bucear, por el amor de Dios! ¿Cómo puedes ser negligente con el tuyo propio? Podrías haber muerto.

El insulto a su competencia ayudó a desterrar el miedo.

–Nunca soy descuidada –espetó–. Ni con el equipo

de alquiler ni con el mío –se quitó la mascarilla de la cabeza y la tiró al banco–. Observa mi indicador. Deberían haberme quedado diez minutos.

Él miró, pero eso no mitigó su furia.

–Deberías haber comprobado tu equipo. Si te sumerges con un indicador averiado, estás invitando un accidente.

–Mi equipo fue comprobado. Yo misma lo reviso después de cada inmersión y estaba bien antes de guardarlo. Yo llené los tanques –la alternativa le pasó por la cabeza al tiempo que terminaba de hablar. Su cara, ya pálida, se puso blanca–. Dios, Jonas, yo misma los llené. Comprobé cada pieza la última vez que me sumergí.

Él cerró una mano sobre la de ella con la suficiente fuerza como para provocarle una mueca de dolor.

–Lo guardas en la tienda, en ese almacén.

–Lo cierro con llave.

–¿Cuántas llaves hay?

–La mía... un juego extra en el cajón. Rara vez se usan, porque siempre dejo las mías allí cuando salgo con los barcos.

–Pero ¿habrán usado el otro juego durante nuestra ausencia?

Los temblores empezaban otra vez. En esa ocasión no fue tan sencillo controlarlos.

–Sí.

–Y alguien usó la llave del almacén para entrar y manipular tu equipo.

–Sí –se humedeció los labios.

La furia estalló en su interior hasta que casi lo cegó. ¿Acaso no acababa de prometer que la cuidaría, que la mantendría a salvo? Con movimientos muy controlados, se quitó las aletas y descartó la máscara.

–Vas a volver. Vas a hacer las maletas y luego te meteré en un avión. Puedes quedarte con mi familia hasta que esto se haya terminado.

–No.

–Vas a hacer exactamente lo que te digo.

–No –repitió y logró acopiar la fuerza para ponerse de pie–. No iré a ninguna parte. Ésta es la segunda vez que alguien amenaza mi vida.

–Y no van a tener la oportunidad de hacerlo otra vez.

–No pienso dejar mi casa.

–No seas tonta –se incorporó. Se bajó la cremallera del traje de buceo y comenzó a quitárselo–. Tu negocio no se va a desmoronar. Puedes volver cuando sea seguro.

–No pienso marcharme –dio un paso hacia él–. Tú viniste aquí en busca de venganza. Cuando la hayas conseguido, podrás marcharte y sentirte satisfecho. Ahora yo busco respuestas. No puedo irme porque están aquí.

Le enmarcó la cara entre las manos.

–Las encontraré para ti.

–Sabes que no es así, ¿verdad, Jonas? Las respuestas no significan nada a menos que uno las encuentre por sí mismo. Quiero que mi hija pueda volver a casa. Hasta que encuentre esas respuestas, hasta que sea seguro, no podrá hacerlo –alzó las manos a su cara y permanecieron como una unidad–. Ahora los dos tenemos motivos para buscar.

Él se sentó, sacó la cajetilla de cigarrillos y habló:

–Erika está muerta.

–¿Qué? –la furia que le había dado fuerzas vaciló.

–Asesinada –explicó con voz dura, fría otra vez–. Hace unos días me vi con ella, le pagué por un nombre.

Liz se sujetó a la barandilla.

–El nombre que le diste al capitán.

Jonas encendió el cigarrillo.

–Así es. Ella hizo algunas preguntas y obtuvo algunas respuestas. Me dijo que ese Pablo Manchez era un tipo malo, un asesino profesional. A Jerry lo mató un profesional. Al parecer, a Erika le sucedió lo mismo.

–¿Le pegaron un tiro?

–La apuñalaron –corrigió y vio cómo la mano de Liz iba involuntariamente a su propio cuello–. Exacto –dio una calada profunda al cigarrillo y luego lo tiró por la borda antes de incorporarse–. Vas a volver a Estados Unidos hasta que esto se acabe.

Le dio la espalda un momento, hasta tener la certeza de que recuperaba la fortaleza.

–No me voy, Jonas. Tenemos el mismo problema.

–Liz...

–No –al volverse, tenía el mentón alzado y los ojos estaban despejados–. Verás, ya he huido de los problemas, y eso no funciona.

–No se trata de una cuestión de huir, sino de sensatez.

–Tú te quedas.

–Yo no tengo elección.

–Ni yo tampoco.

–Liz, no quiero que resultes herida.

Ella ladeó la cabeza y lo estudió. Comprendió que podía creer esa manifestación y consolarse con ella.

–¿Te irás tú?

–No puedo. Sabes que no puedo.

–Yo tampoco –lo abrazó y pegó la mejilla en su hombro, en una primera muestra espontánea de necesidad o afecto–. Volvamos a casa –murmuró.

X

No parecía posible, tampoco razonable, que pudiera dirigir la tienda y tratar con sus clientes mientras su sistema aún absorbía todas las sensaciones deliciosas que había experimentado con Jonas justo antes del amanecer. Sin embargo, ahí estaba, rellenando impresos, ofreciendo consejo, citando precios y dando cambio. No obstante, todo era mecánico. Había sido inteligente en delegar las excursiones de buceo para quedarse en tierra.

Saludó a sus clientes, algunos viejos, otros nuevos, y trató de no pensar muy profundamente en la lista que se había visto forzada a entregarle a Moralas. ¿Cuántos de ellos irían a The Black Coral Dive Shop en busca de equipo o clases si supieran que por el simple hecho de hacerlo quedaban bajo vigilancia policial? El asesinato de Jerry Sharpe, y su implicación en el turbio suceso, podían resultar mucho más peligrosos para su negocio que cualquier temporada baja o huracán súbito.

Y por encima de la compasión, de la simpatía y la esperanza de que Jonas pudiera conseguir reposo para la mente y el corazón atribulados, estaba la necesidad desesperada de proteger lo que tanto le había costado conseguir, de mantener lo que había alzado de la nada para su hija. Sin importar lo mucho que se afanara en enterrarlo, no podía bloquear por completo el resentimiento de que se sentía arrastrada a una situación en la que no había participado.

Sin embargo, en su interior se libraba una lucha. El resentimiento por la discontinuidad de su vida batallaba contra el anhelo de que Jonas permaneciera en ella. Sin esa perturbación, jamás la habría conocido. A pesar de lo mucho que lo intentaba, jamás podría lamentar las semanas que habían disfrutado juntos. Se prometió que nunca lo haría. Era hora de reconocer que tenía una gran cantidad de amor que había estado atrapado en su interior. Rechazado una vez, se había negado a volver a arriesgarse. Pero Jonas lo había liberado, o quizá lo había liberado ella misma. Fuera como fuere, sin importar cómo terminara, había sido capaz de amar otra vez.

–Eres difícil de localizar.

Sobresaltada, alzó la vista. Necesitó un momento para recordar la cara, y un momento más para vincularla con un nombre.

–Scott –se levantó del escritorio para ir al mostrador–. No sabía que aún siguieras en la isla.

–Sólo tomo unas vacaciones al año, así que me gusta aprovecharlas –dejó un vaso alto de papel lleno de hielo en el mostrador–. Supuse que ésta era la única forma de conseguir que bebieras una copa conmigo.

Liz miró el vaso y se preguntó si tenía que mostrarse profesional o ruda. En ese momento, sólo le habría gustado que la dejaran en paz con sus pensamientos, pero un cliente era un cliente.

–Eres muy amable. He estado bastante atareada.

–No me digas –le ofreció una sonrisa que mostró unos dientes rectos y un encanto relajado–. O estás fuera de la ciudad o en el mar. Así que pensé en eso de la montaña y Mahoma –miró alrededor–. La situación ahora está bastante tranquila.

–Es la hora del almuerzo –lo informó–. Todo el mundo que pensaba salir, ya ha salido. Los demás han ido a comer o a dormir una siesta antes de decidir cómo pasar la tarde.

–La vida en una isla.

–Exacto –le devolvió la sonrisa–. ¿Has vuelto a bucear?

Hizo una mueca.

–Dejé que el señor Ambuckle me convenciera para salir una noche antes de que regresara a Texas. El resto de mis vacaciones pienso ceñirme a la piscina.

–Bucear no es para todo el mundo.

–Y que lo digas –bebió del segundo vaso que había llevado y luego se apoyó en el mostrador–. ¿Qué te parece si cenamos juntos? La cena es para todos.

Ella enarcó una ceja, un poco sorprendida y un poco halagada de que pareciera tan empeñado en conseguirlo.

–Rara vez como fuera.

–Me gusta la comida casera.

–Scott, te agradezco el ofrecimiento, pero estoy... –se preguntó cómo podía exponerlo–. Estoy saliendo con alguien.

–¿Algo serio? –apoyó una mano en la de ella.

Sin saber muy bien si se sentía sonrojada o divertida, apartó la mano.

–Soy una persona bastante seria.

–Bueno –Scott alzó el vaso y la observó por el borde mientras bebía otra vez–. Creo que entonces será mejor que nos ciñamos a lo profesional. ¿Qué te parece si me explicas cómo funciona el equipo de snorkel?

Liz se encogió de hombros.

–Si sabes nadar, no tendrás ningún problema con el snorkel.

–Digamos que soy cauto. ¿Te importa si paso y echo un vistazo?

Decidió que había sido bastante descortés por un día. Le sonrió.

–Claro, mira todo lo que quieras –cuando rodeó el mostrador y cruzó la puerta, lo acompañó hasta los anaqueles de atrás–. El snorkel no es más que un tubo hueco con una boquilla –comenzó mientras bajaba uno para ofrecérselo–. Te la colocas entre los dientes y respiras con normalidad por la boca. Con el tubo unido a una mascarilla, puedes moverte indefinidamente por la superficie.

–Muy bien. ¿Y qué pasa todas esas veces que veo desaparecer los tubos bajo el agua?

–Cuando quieres sumergirte, contienes la respiración y sueltas un poco de aire para ayudarte a descender. El truco radica en soplar para limpiar el tubo de agua cuando emerges a la superficie. En cuanto lo dominas, puedes bajar y subir docenas de veces sin llegar a sacar la cara del agua.

Scott le dio vueltas al snorkel en la mano.

–Aquí hay mucho que ver.

–Todo un mundo.

Ya no estudiaba el snorkel, sino a ella.

–Apuesto que sabes un montón sobre las aguas y los arrecifes de esta zona. ¿Conoces la Isla de las Mujeres?

–Excelente para practicar el snorkel y el buceo –distraída, bajó una mascarilla para enseñarle cómo fijar el tubo–. Ofrecemos trayectos de medio día y día completo. Si eres lo bastante aventurero, hay cuevas para explorar.

–Y algunas están bastante alejadas –comentó él.

–Para el snorkel, querrás quedarte más cerca de los arrecifes, pero un buceador experimentado podría pasar días enteros alrededor de las cuevas.

–Y noches –pasó el snorkel entre sus dedos mientras la miraba–. Imagino que un buceador podría ir de noche sin que nadie lo molestara.

No supo por qué sintió un destello de alarma. Automáticamente, miró por encima del hombro hacia donde el policía asignado a ella dormitaba a medias bajo el sol. «Tonta», se dijo. Jamás la habían asustado las sombras.

–Algunas personas prefieren el peligro, en especial cuando es rentable –añadió él.

Tenía la boca reseca, por eso tragó saliva al tiempo que reponía la mascarilla en el estante.

–Quizá. Yo no.

En esa ocasión, la sonrisa de él no fue tan encantadora ni la mirada tan amigable.

–¿No?

–No sé a qué te refieres.

–Creo que sí –cerró la mano sobre su brazo–. Creo que sabes exactamente a qué me refiero. Lo que Jerry Sharpe rebañó de la superficie y metió en esa caja de seguridad en Acapulco no era más que calderilla, Liz –se acercó más a medida que bajaba la voz–. Hay mucho más para ganar. ¿No te lo contó?

De pronto tuvo el súbito e intenso recuerdo de un cuchillo contra el cuello.

–No me contó nada. No sé nada –antes de poder escapar, la tuvo arrinconada–. Si grito –logró exponer con voz firme–, se presentará una multitud antes de que puedas respirar.

–No hace falta gritar –alzó ambas manos como si quisiera demostrarle que no albergaba ninguna intención dañina–. Es una discusión de negocios. Lo único que quiero saber es lo que te dijo Jerry antes de cometer el error de molestar a la gente equivocada.

Al descubrir que temblaba, se obligó a parar. No dejaría que la intimidara. ¿Qué arma podía ocultar en un bañador y una camisa abierta? Irguió los hombros y lo miró directamente a los ojos.

–Jerry no me contó nada. Le dije lo mismo a tu amigo cuando me puso el cuchillo en el cuello. Al parecer no le satisfizo, de modo que manipuló el indicador de mis tanques.

–Mi socio no entiende mucho de tacto –expuso Scott relajado–. Yo no llevo cuchillos y no tengo el conocimiento suficiente de los equipos como para manipular un medidor o una válvula. Lo que sí sé son cosas sobre ti, y muchas. Trabajas demasiado, Liz, levantándote al amanecer y manteniéndote ocupada hasta el crepúsculo. Sólo intento brindarte algunas opciones. Negocios, Liz. Sólo vamos a hablar de negocios.

Fue su actitud serena y razonable lo que la crispó. Podía mostrarse calmo, podía ser razonable, pero la gente moría.

–No soy Jerry y no soy Erika, así que no olvides eso. No sé nada sobre el asqueroso negocio en el que estás metido, pero la policía sí, y sabrá más. Si piensas que puedes asustarme amenazándome con un cuchillo o dañando mi equipo, tienes razón. Pero eso no impide que desee que cada uno de vosotros se vaya al infierno. Y ahora lárgate de mi tienda y déjame en paz.

Él estudió su cara durante diez segundos muy largos, luego retrocedió unos centímetros.

–Me has malinterpretado, Liz. He dicho que se trataba de una discusión de negocios. Desaparecido Jerry, sería muy útil un buceador experimentado, en especial uno que conozca estas aguas. Estoy autorizado a ofrecerte cinco mil dólares. Cinco mil dólares americanos por hacer lo que mejor sabes. Bucear. Te sumerges, sueltas un paquete y recoges otro. Sin nombres, sin caras. Me traes el paquete sin haberlo abierto y yo te entrego los cinco mil en efectivo. Una o dos veces por semana, y podrás construirte un bonito y acogedor nido. Yo diría que una mujer que cría sola a una hija sabría cómo utilizar un dinero extra.

El miedo se transformó en furia; cerró con fuerza las manos.

–Te he dicho que te largues –repitió–. No quiero tu dinero.

Él sonrió y apoyó un dedo en la mejilla de ella.

–Piénsalo. Estaré por aquí si cambias de parecer.

Liz esperó que la respiración se le calmara. Con movimientos pausados cerró la tienda y fue directamente al policía que la protegía.

–Me voy a casa –lo informó cuando éste se incorporó–. Dígale al capitán Moralas que se reúna conmigo allí en media hora –sin aguardar una respuesta, cruzó la arena.

Quince minutos más tarde, entraba en su casa. El trayecto en coche no la había calmado. Ese último incidente era el último que pensaba aceptar. Podría haber sido capaz de sobrellevar otra amenaza, otra exigencia. Pero le había ofrecido un trabajo. Le había ofrecido pagarle por contrabandear cocaína, por ocupar el puesto de un hombre que había sido asesinado. El hermano de Jonas.

«Una pesadilla», pensó mientras iba de ventana a ventana. Deseó poder creer que se trataba de una pesadilla. El ciclo se acercaba a su final, y se sentía atrapada en el centro. Lo que había iniciado Jerry Sharpe, Jonas y ella se verían obligados a terminar, sin importar lo doloroso que fuera. Ni lo peligroso. Y se prometió que lo acabaría, para que su hija pudiera volver a casa sana y salva. No importaba lo que hiciera falta, lo acabaría.

Al oír el sonido de un coche que se acercaba, fue a la ventana frontal. Era Jonas, y sintió que el corazón se le hundía. No sabía si contarle en ese momento que había estado cara a cara con el hombre que quizá hubiera matado a su hermano. ¿Si le daba el nombre, si conocía al hombre, se marcharía furioso en busca de la venganza que había ido a buscar? Y si satisfacía esa venganza, ¿se quebraría el ciclo alguna vez? Le daba miedo que no parara de dar vueltas en torno a ellos, acabando con todo lo demás. Vio a Jonas, un hombre de leyes, un hombre paciente y compasivo, encerrado para siempre en el núcleo de su propia violencia. ¿Cómo podía salvarlo de eso y, aun así, salvarse a sí misma?

Tenía la mano fría cuando abrió la puerta. Antes de tocarla, él supo que algo iba mal.

–¿Qué haces en casa? Pasé por la tienda y estaba cerrada.

–Jonas –hizo lo único que sabía hacer. Lo atrajo hacia ella y lo abrazó con fuerza–. Moralas viene hacia aquí.

–¿Qué ha pasado? –experimentó una leve oleada de pánico. La apartó y estudió su rostro–. ¿Te ha sucedido algo? ¿Estás herida?

–No, no estoy herida. Pasa y siéntate.

–Liz, quiero saber qué ha pasado.

Oyó el sonido de un segundo motor y miró hacia la calle para ver el coche sin matrícula.

–Ha llegado Moralas –murmuró–. Pasa, Jonas. Preferiría contar esto una sola vez.

Se dijo que en realidad no había que tomar ninguna decisión. Le daría a Moralas y a Jonas el nombre del hombre que la había abordado. Les contaría exactamente lo que había dicho. De esa manera, se alejaría un paso más de la investigación. Ellos dispondrían de un nombre, de una cara, de un lugar. Tendrían un motivo. Era lo que la policía quería, lo que ella quería. Miró a Jonas mientras Moralas subía por el sendero que conducía hasta su entrada. Era lo que Jonas también quería. Lo que necesitaba. Y al brindárselo, se alejaría un paso de él.

–Señorita Palmer –el policía se quitó el sombrero al entrar, miró brevemente a Jonas y esperó.

–Capitán –se hallaba junto a una silla, pero no se sentó–. Tengo cierta información para usted. Hay un estadounidense, un hombre llamado Scott Trydent.

Hace menos de una hora me ofreció cinco mil dólares por hacer contrabando de cocaína en la Isla de las Mujeres.

La expresión de Moralas permaneció impasible.

–¿Y ha tenido algún contacto previo con ese hombre?

–Se unió a una de mis clases de buceo. Se mostró amigable. Hoy pasó por la tienda para hablar conmigo. Al parecer creía que yo... –calló para mirar a Jonas. Estaba muy quieto y callado–. Pensó que Jerry me había hablado de la operación. Sabía de la existencia de la caja de seguridad. No sé cómo. Era como si supiera cada movimiento que hubiera realizado en las últimas semanas –se pasó una mano por el pelo–. Me dijo que podía ocupar el puesto de Jerry, realizar el intercambio cerca de la Isla de las Mujeres y hacerme rica. Conoce... –tuvo que tragar saliva para controlar el temblor de su voz–. Conoce la existencia de mi hija.

–¿Lo identificaría?

–Sí. No sé si él mató a Jerry Sharpe –volvió a mirar con expresión de súplica a Jonas–. No lo sé, pero podría identificarlo.

Moralas observó el intercambio de miradas antes de cruzar la habitación.

–Por favor, siéntese, señorita Palmer.

–¿Lo arrestará? –quería que Jonas dijera algo, cualquier cosa, pero seguía en silencio–. Forma parte de la operación de la cocaína. Estaba al corriente del asesinato de Jerry Sharpe. Tiene que arrestarlo.

–Señorita Palmer –la instó a sentarse en el sofá, luego se sentó a su lado–. Tenemos nombres. Tenemos caras. La operación de contrabando que en la actualidad opera en la península de Yucatán se encuentra bajo investigación, tanto por el gobierno mexicano como por el estadounidense. Los nombres que el señor Sharpe y usted me han proporcionado no me son desconocidos. Pero hay uno que nos falta. El de la persona que organiza, la que sin duda ordenó el asesinato de Jerry Sharpe. Ése es el nombre que necesitamos. Sin él, el arresto de mensajeros, de vendedores, no significa nada. Necesitamos ese nombre, señorita Palmer. Y necesitamos pruebas.

–No entiendo. ¿Quiere decir que va a dejar irse a Trydent? Encontrará a otra persona para que haga las recogidas.

–No necesitará buscar en otra parte si usted acepta la oferta que le hizo.

–No –antes de que Liz pudiera asimilar las palabras de Moralas, intervino Jonas. Lo dijo con serenidad, tanta, que ella sintió que la recorría un escalofrío. Tomándose su tiempo, encendió el mechero y aspiró del filtro de un cigarrillo hasta que la punta se puso roja. Soltó una bocanada de humo y clavó la vista en Moralas–. Usted puede irse al infierno.

–La señorita Palmer tiene el privilegio de decírmelo ella misma.

–No va a utilizarla. Si quiere a alguien dentro de la organización, alguien más próximo a los nombres y obtener pruebas, yo realizaré la recogida.

Moralas lo estudió, vio los nervios firmes y la paciencia inagotable junto con el temperamento vivo. De haber tenido una elección, lo habría preferido.

–No se lo han ofrecido a usted.

–Liz no va a bajar.

–Un momento –ella se llevó ambas manos a las sienes–. ¿Me está diciendo que quiere que vuelva a ver a Trydent, que le diga que acepto el trabajo? Eso es una locura. ¿Qué propósito podría tener para eso?

–Usted sería un señuelo –contempló sus manos. Delicadas, sí, pero fuertes. No había nada sobre Elizabeth Palmer que no supiera–. La investigación se va estrechando. No queremos que cambien de emplazamiento en este punto. Si da la impresión de que la operación no sufre traba alguna, no se moverán. Usted ha sido el obstáculo, señorita Palmer, tanto para ese grupo como para la investigación.

–¿Cómo? –furiosa, fue a ponerse de pie. Moralas simplemente apoyó una mano en su brazo.

–Jerry Sharpe vivió con usted, trabajó para usted. Tenía debilidad por las mujeres. Ni la policía ni los contrabandistas han estado seguros de la parte que usted desempeñaba. El hermano de Jerry Sharpe ahora vive en su casa. La llave de la caja de seguridad la encontró usted.

–¿Culpable por asociación, capitán? –su voz adquirió ese tono helado que Jonas había oído sólo una o dos veces antes–. ¿He tenido protección policial o he estado sometida a vigilancia?

El tono de Moralas no se alteró en ningún momento.

–Uno sirve el mismo propósito que el otro.

–Si estoy bajo sospecha, ¿no ha pensado que simplemente podría tomar el dinero y huir?

–Es precisamente lo que queremos que haga.

–Muy inteligente –Jonas no supo cuánto tiempo más iba a poder controlarse. Le habría producido una gran satisfacción haber agarrado a Moralas por las solapas para echarlo de la casa. De la vida de Liz–. Liz los traiciona e irrita al jefe de la operación. Entonces es necesario eliminarla tal como fue necesario eliminar a mi hermano.

–Con la salvedad de que la señorita Palmer se hallará en todo momento bajo protección policial. Si esta recogida sale como creemos, la investigación concluirá y los contrabandistas, junto con el asesino de su hermano, serán capturados y recibirán su castigo. ¿No es eso lo que quiere usted?

–No si eso significa poner en peligro la vida de Liz. Introduzca a su propia paloma, Moralas.

–No hay tiempo. Con su colaboración, señorita Palmer, podemos ponerle fin a esto. Sin ella, tardaríamos meses.

¿Meses? Otro día significaría una vida entera para ella.

–Lo haré.

Jonas estuvo a su lado en un abrir y cerrar de ojos para levantarla del sofá.

–Liz...

–Mi hija viene a casa en dos semanas –apoyó las manos en sus brazos–. No quiero que venga para encontrarse con algo así.

–Llévala a otra parte –le clavó los dedos en los hombros–. Iremos a alguna otra parte.

–¿Adónde? –quiso saber–. Todos los días me digo que dejaré atrás todo esto y todos los días es una mentira. Llevo metida desde que Jerry entró por esa puerta. No podemos cambiar eso. Hasta que se acabe, que se acabe de verdad, nada va a enderezarse.

Sabía que tenía razón, lo había sabido desde el primer momento. Pero habían cambiado demasiadas cosas. En ese momento sentía una desesperación que jamás había esperado sentir. Todo por ella.

–Regresa conmigo a Estados Unidos. Entonces se acabará.

–¿Sí? ¿Tú olvidarás que tu hermano fue asesinado? ¿Te olvidarás del hombre que lo mató? –los dedos de él apretaron más, sus ojos se oscurecieron, pero no repuso nada. Ella suspiró–. No, no se acabará hasta que le pongamos fin. Ya he huido en el pasado, Jonas. Me prometí que nunca más volvería a hacerlo.

–Podrían matarte.

–No he hecho nada y ya han estado a punto de matarme en dos ocasiones –apoyó la cabeza en su pecho–. Por favor, ayúdame.

No podía obligarla a inclinarse ante su decisión. Dos de las cosas que más admiraba de ella eran su capacidad para dar y su voluntad de firmeza. Podía suplicarle, podía discutir, pero jamás podría mentirle. Si huía, si huían, jamás serían libres. La rodeó con un brazo. Su cabello olía a verano y a aire de mar.Y antes de que terminara el verano, se prometió que Liz sería libre. Que los dos lo serían.

–Iré con ella –miró a Moralas por encima de la cabeza de Liz.

–Eso no es posible.

–Yo haré que sea posible.

XI

Nunca en la vida había estado más asustada. Cada día que trabajaba en la tienda, esperaba que Scott Trydent la abordara. Cada noche que cerraba, que iba a casa, esperaba que sonara el teléfono. Jonas apenas hablaba. Ya no sabía qué hacía durante las horas en que estaban separados, pero era consciente de que planeaba su propia acción. Lo que servía para asustarla aún más.

Transcurrieron dos días hasta que sus nervios estuvieron más tensos de lo que habría imaginado posible. Se preguntó por qué nada parecía normal o si alguna vez volvería a serlo. Al anochecer, vació la caja, guardó los equipos y comenzó a cerrar.

–¿Qué te parece esa copa?

Aunque había creído estar preparada para el momento en que todo empezaría, se sobresaltó. La cabeza comenzó a palpitarle con un ritmo lento y constante que sabía que duraría horas. Sintió que se le contraía la boca del estómago por la excitación provocada por el pánico. Se recordó que a partir de ese momento, no tenía sitio para el pánico. Se volvió y miró a Scott.

–Me preguntaba si volverías.

–Te dije que andaría por aquí. Siempre considero que la gente necesita un par de días para pensar bien las cosas.

Se recordó que tenía que desempeñar un papel. Y debía hacerlo bien. Con cuidado, terminó de cerrar, luego se volvió hacia él. No sonrió. Iba a ser una discusión de negocios, sin cortesías sociales.

–Podemos beber algo ahí –señaló el restaurante al aire libre y de tejado de paja que daba al arrecife–. Es un lugar público.

–Perfecto –aunque le ofreció la mano, ella lo ignoró y comenzó a andar–. Solías ser más amigable.

–Tú solías ser un cliente –lo miró de reojo–. No un socio.

–Ah... –miró a derecha e izquierda–. Lo has pensado.

–Tú necesitas un buceador, yo el dinero –subió los dos escalones de madera y eligió una silla que la dejó de espaldas al agua. Segundos más tarde, un hombre ocupó una mesa del rincón. Pensó que se trataba de un hombre de Moralas y se ordenó mantener la calma. Ya sabía lo que tenía que decir, cómo decirlo y que el camarero que los atendería portaba una placa y un arma–. Jerry no me contó gran cosa –comenzó y pidió un refresco–. Sólo que soltaba el paquete y recogía el dinero.

–Era un buen buceador.

Liz se tragó el leve amago de miedo.

–Yo soy mejor.

–Eso me han dicho –Scott le sonrió.

Un movimiento a su lado hizo que mirara y luego se paralizó. Un hombre de cabello oscuro con la cara picada ocupó la silla de su lado. Antes de mirar, Liz supo que llevaba una pulsera fina de plata.

–Pablo Manchez, Liz Palmer. Aunque creo que ya os habéis conocido.

–Señorita –la boca fina de Manchez se curvó al tomarle la mano.

–Dile a tu amigo que se reserve las manos para sí mismo –con calma, Jonas acercó una silla a la mesa–. ¿Por qué no me presentas, Liz? –cuando ella no fue capaz de hacer otra cosa que mirarlo fijamente, se reclinó en la silla–. Soy Jonas Sharpe. Liz y yo somos socios –clavó la mirada en Manchez. «Éste es el hombre», pensó, «por el que he recorrido miles de kilómetros». Ése era el hombre al que mataría. Sintió que el odio y la furia crecían. Pero sabía cómo contener las emociones y esperar–. Creo que conocías a mi hermano.

La mano de Manchez soltó la de Liz y se dirigió a su costado.

–Tu hermano era codicioso y estúpido.

Liz contuvo el aliento cuando Jonas metió la mano en el bolsillo. Despacio, sacó los cigarrillos.

–Yo soy codicioso –comentó relajado mientras encendía uno–. Pero no estúpido. Te estaba buscando –se inclinó sobre la mesa. Con una sonrisa lenta, le ofreció a Manchez los cigarrillos.

Éste tomó uno y le quitó el filtro. Tenía unas manos hermosas, con dedos largos y finos y palmas estrechas. Liz contuvo un escalofrío al mirarlas.

–Pues ya me has encontrado.

Jonas seguía sonriendo cuando pidió una cerveza.

–Necesitáis un buceador.

Scott le envió a Manchez una mirada de advertencia.

–Tenemos una buceadora.

–Lo que tenéis es un equipo. Liz y yo trabajamos juntos –soltó una bocanada de humo–. ¿No es así, Liz?

Él no iba a dar marcha atrás hasta que los tuviera. Y a ella no le quedaba otra alternativa.

–Así es.

–No necesitamos ningún equipo –Manchez comenzó a levantarse.

–Nos necesitáis a nosotros –aceptó la cerveza que le sirvieron–. Ya conocemos bastante sobre vuestra operación. A Jerry no se le daba bien guardar secretos –bebió un trago de la botella–. Liz y yo somos más discretos. ¿Cinco mil por entrega?

Scott aguardó una fracción de segundo, luego alzó la mano en señal a Manchez.

–Cinco. Si queréis funcionar como equipo, es asunto vuestro cómo los repartáis.

–A partes iguales –Liz extendió los dedos en torno a la botella de cerveza de Jonas–. Uno se sumerge, el otro se queda en el barco.

–Mañana por la noche. A las once id a la tienda. Entrad. Encontraréis un contenedor hermético. Estará cerrado.

–Igual que la tienda –indicó ella–. ¿Cómo meteréis la caja?

Manchez soltó el humo entre los dientes.

–No tengo ningún problema en entrar.

–Recogedla –continuó Scott–. Las coordenadas estarán pegadas al asa. Sacad la embarcación, bajad la caja y dejadla. Luego subid a la superficie y esperad justo una hora. Ése será el momento en que te volverás a sumergir. Lo único que tendrás que hacer será recoger la caja que te estará esperando y llevarla a la tienda.

–Suena fácil –decidió Jonas–. ¿Cuándo nos pagáis?

–Una vez completado el trabajo.

–La mitad por adelantado –Liz bebió un trago de cerveza y esperó que el corazón se le calmara–. Dejad dos mil quinientos con la caja o no me sumerjo.

–No eres tan confiada como Jerry –Scott sonrió.

–Y pretendo seguir viva –le dedicó una mirada fría y amarga.

–Simplemente, sigue las reglas.

–¿Quién las hace? –Jonas le quitó la cerveza a Liz. La mano de ella bajó a su pierna y no se movió.

–Eso es algo que no ha de preocuparte –aconsejó Manchez. Sonrió con el cigarrillo entre los dientes–. Él sabe quiénes sois.

–Seguid las coordenadas y vigilad vuestro reloj –Scott dejó unos billetes en la mesa al levantarse–. El resto es un paseo.

–Sé listo, hermano de Jerry –Manchez les dedicó una sonrisa lenta–. Adiós, señorita.

Jonas terminó la cerveza con calma mientras los dos hombres se marchaban.

–Se suponía que no tenías que interferir durante la reunión –comenzó Liz con voz baja y furiosa–. Moralas dijo...

–Al cuerno con Moralas –aplastó el cigarrillo–. ¿Es ése el hombre que te dejó los hematomas en el cuello?

Liz apoyó la mano en la mesa.

–Ya te dije que no pude verlo.

Jonas giró la cabeza. Sus ojos, igual que con anterioridad, le recordaron a humo congelado.

–¿Fue él?

No hacía falta que se lo dijera. Liz se acercó y habló despacio.

–Quiero que se acabe, Jonas. Y yo no necesito venganza. Se suponía que ibas a dejar que me reuniera con Scott y que preparara las cosas.

–Cambié de parecer.

–Maldita sea, podrías haberlo estropeado todo. No quiero verme involucrada, pero lo estoy. El único modo de salir de esto es poniéndole fin. ¿Cómo sabemos que no van a echarse atrás ahora que has aparecido tú?

–Porque estás en medio de todo, y siempre lo has

estado –antes de que ella pudiera hablar, la tomó del brazo. Tenía la cara cerca y la voz firme–. Yo iba a usarte. Desde el momento en que entré en tu casa, iba a usarte para llegar hasta el asesino de Jerry. Aunque hubiera tenido que pisarte, aunque hubiera tenido que apartarte del camino o arrastrarte conmigo, iba a usarte. Del mismo modo en que va a usarte Moralas. Del mismo modo en que van a usarte los demás –la acercó–. Del modo en que te usó Jerry.

Ella se tragó el temblor y luchó contra el dolor.

–¿Y ahora?

Él no habló. Se hallaban tan cerca que podía verse reflejado en los ojos de ella. Llevó la mano a la nuca de Liz y la mantuvo allí hasta que pudo sentir el ritmo de sus pulsaciones. Con violencia, la pegó a él y le tomó la boca. Un resplandor que era pasión, esperanza... no sabía a qué recurrir. Por eso la soltó.

–Nadie va a volver a hacerte daño –murmuró–. Y menos yo.

Fue el día más largo de su vida. Liz trabajó y esperó a medida que las horas se arrastraban. Los hombres de Moralas se mezclaban con los veraneantes de la playa. Sus barcos salieron, regresaron, volvieron a salir. Rellenó facturas y aceptó tarjetas de crédito. Deseó que el día terminara. Esperó que la noche no llegara nunca.

Cuando el sol se puso, cerró la tienda como si fuera la conclusión de un día corriente. Antes de guardarse las llaves, Jonas estuvo a su lado.

–Aún hay tiempo para cambiar de idea.

–¿Y hacer qué? ¿Esconderme? –miró a la playa, al mar, a la isla que era su hogar. Y su prisión–. Ya me has dicho lo bien que se me da esconderme.

–Liz...

Movió la cabeza para detenerlo.

–No puedo hablar de ello. Simplemente, he de hacerlo.

Fueron a casa en silencio. Liz repasó las instrucciones, cada punto, cada palabra que Moralas le había transmitido. Debía realizar el intercambio y luego entregar la caja con el dinero a la policía, que estaría esperando en el embarcadero. Luego esperaría el siguiente movimiento, y jamás estaría más lejos de tres metros de un agente. Parecía a prueba de fallos. Le causaba un nudo en el estómago.

Un hombre paseaba a su perro en la acera de enfrente. Uno de los policías de Moralas. El hombre que tallaba un trozo de madera en el porche de su vecino llevaba una pistola bajo el chaleco vaquero. Liz trató de no mirarlos.

–Vas a beber y a comer algo y a dormir un poco –ordenó Jonas al conducirla dentro.

–Sólo dormir.

–Entonces, dormirás primero –después de asegurar la puerta, la siguió al dormitorio. Bajó las persianas–. ¿Quieres algo?

Todavía le resultaba muy duro pedirlo.

–¿Te echarías conmigo?

Se acercó a la cama. Liz ya estaba acurrucada de lado, de modo que le pegó la espalda a él y la abrazó.

–¿Vas a dormir?

–Eso creo –en el sueño encontraría una vía de escape, aunque fuera temporal. Pero no cerró los ojos–. ¿Jonas?

–¿Mmmm?

–Después de esta noche... después de que hayamos terminado, ¿volverás a abrazarme como ahora?

Pegó los labios en su pelo. No creyó posible amarla más. Estaba casi seguro de que si se lo decía, se apartaría.

–Siempre que tú lo quieras. Y ahora duérmete.

Liz dejó que sus ojos se cerraran y que su mente se vaciara.

La caja era pequeña, del tamaño de un maletín de ejecutivo. Parecía muy insignificante como para ser la catalizadora de tanto peligro. A su lado, en el mostrador de la tienda, había un sobre. Dentro, un papel con la latitud y la longitud deseadas. Con el papel había veinticinco billetes de cien dólares.

–Han mantenido su parte del trato –comentó Jonas.

Liz simplemente metió el sobre en un cajón.

–Iré a buscar mi equipo.

Sabía que preferiría pensar que no contaba con

nadie en quien poder apoyarse. Sacó los tanques antes de que Liz pudiera levantarlos. Iba a tener que aprender que no era así.

–¿Las coordenadas?

–Las mismas que había en el libro de Jerry –se encontró con una calma asombrosa mientras esperaba detrás de él para cerrar la puerta. Los vigilaban. Era consciente de que Moralas había apostado hombres en el hotel. Y estaba igual de segura de que Manchez se hallaba cerca. No volvieron a hablar hasta que zarparon con la embarcación de buceo–. Esto podría ponerle fin –lo miró mientras establecía el rumbo.

–Sí.

Guardó un momento de silencio.

–Jonas, ¿qué vas a hacer?

La llama del encendedor se iluminó y luego volvió a reinar la oscuridad.

–Lo que tenga que hacer.

–Si realizamos el intercambio esta noche y le entregamos la segunda caja a Moralas, tendrán que descubrirse. Manchez y el hombre que da las órdenes.

–¿Adónde quieres llegar, Liz?

–Manchez mató a tu hermano. ¿Vas a matarlo?

Le dio la espalda para no mirar la súplica en sus ojos.

–Eso no te involucra a ti.

La respuesta le dolió mucho.

–Puede que no. Pero si dejas que el odio gobierne tus actos, tus pensamientos, jamás estarás libre de él.

Manchez habrá muerto. Jerry seguirá muerto y tú... Jamás volverás a estar vivo.

–No he recorrido todo este camino ni dedicado tanto tiempo para dejar que Manchez sea libre. Él mata por dinero y porque disfruta haciéndolo. Disfruta –repitió con intensidad–. Lo puedes ver en sus ojos.

–¿Recuerdas que en una ocasión me dijiste que todo el mundo tenía derecho a un abogado?

Lo recordaba. Recordaba todo en lo que había creído en una ocasión. Recordaba el aspecto de Jerry a la fría luz de la morgue.

–No tenía nada que ver con esto.

–Supongo que cambias las reglas cuando se trata de algo personal.

–Era mi hermano.

–Y está muerto –suspiró–. Lo siento, Jonas. Jerry está muerto, y si sigues adelante con lo que has planeado, vas a matar algo en tu interior –y, aunque no podía decírselo, algo en ella también–. ¿No confías en la ley?

Se apoyó en la barandilla y tiró el cigarrillo al agua.

–He jugado con ella durante años. Es lo último en lo que confiaría.

Habría querido ir junto a él, pero no sabía cómo.

–Entonces, deberás confiar en ti mismo. Yo también lo haré.

Despacio, se dirigió al lado de ella. Le tomó la cara entre las manos y trató de entender lo que le decía, lo que aún contenía.

–¿Lo harás?

–Sí.

Se encontraban juntos en el barco, ante una encrucijada.

–Entonces, empieza ahora –la besó antes de dar la vuelta y levantar la tapa del banco de madera.

Liz frunció el ceño al ver el traje de neopreno.

–¿Qué haces?

–Arreglé que Luis me dejara esto aquí.

–¿Por qué? Los dos no podemos sumergirnos.

Se quitó la ropa hasta quedar en bañador.

–Exacto. Yo haré la inmersión y tú te quedarás en el barco.

Liz permaneció muy recta. No serviría para nada perder los nervios.

–Las pautas ya se han establecido, Jonas. Yo me sumergiré.

–Yo cambio las pautas –se subió el traje hasta la cintura antes de mirarla–. No pienso correr más riesgos contigo.

–No eres tú quien los corre. Soy yo. Jonas, tú no conoces esta agua. Yo sí. Tú nunca te has sumergido aquí por la noche. Yo sí.

–Voy hacerlo ahora.

–Lo último que necesitamos en este momento es que empieces a comportarte como un hombre sobreprotector.

–Es una pena, pero es lo que hay –se subió el traje por los hombros.

–Le dije a Manchez y a Trydent que iba a bajar yo.

–Supongo que tu reputación no se resentirá de que le mientas a asesinos y a traficantes de droga.

–Jonas, no estoy de humor para bromas.

Se ciñó el cuchillo de buceador y el cinturón de lastre.

–Puede que no. Y quizá tampoco estés de humor para oír esto. Me importas. Demasiado –le tomó la barbilla–. Mi hermano te arrastró a esto porque nunca en la vida le dedicó más de dos pensamientos a otra persona que no fuera él. Yo te arrastré aún más hondo, porque sólo pensaba en vengarme. Ahora pienso en ti, en nosotros. No vas a sumergirte. Aunque tenga que atarte al timón, no vas a sumergirte.

Ella cerró los ojos. Era demasiado tarde para hablar, para discutir.

–Al sumergirte –le dijo, mientras lo ayudaba a colocarse los tanques–, dirígete al nordeste. La cueva se encuentra a veinticinco metros –titubeó un momento, luego recogió un arpón–. Cuidado con los tiburones.

Cuando se dejó caer por el costado, le entregó la caja. En apenas unos segundos, desapareció y el mar quedó negro y quieto. Mentalmente, lo siguió braza tras braza. El agua estaría oscura, de modo que dependería de los medidores y del fino haz de luz. Las criaturas nocturnas habrían salido a alimentarse. Calamares, rayas, barracudas. Tiburones. Cerró la mente a esos pensamientos.

Con los brazos cruzados, se sentó y esperó. Miró el reloj cuatro veces antes de oírlo subir por la escalerilla. Con un temblor de alivio, corrió al costado para ayudarlo.

–La próxima vez bajaré yo –comenzó.

Jonas se quitó la luz, luego los tanques.

–Olvídalo –antes de que ella pudiera protestar, la pegó a su cuerpo–. Disponemos de una hora –le murmuró al oído–. ¿Quieres pasarla discutiendo?

Estaba mojado y helado. Liz lo envolvió con los brazos.

–No me gusta que me den órdenes.

–La próxima vez, me puedes mandar tú a mí –se dejó caer en el banco y la arrastró consigo–. Había olvidado cómo era ahí abajo de noche. Fabuloso –«y ya casi ha terminado», se dijo. Se había dado el primer paso. Sólo faltaba el segundo–. Vi un calamar gigante. Le di un susto de muerte con la luz. Juro que tenía unos nueve metros.

El tiempo pareció volar, porque lo siguiente que supieron fue que la hora había pasado.

–Hay que volver abajo –anunció él.

Liz lo ayudó otra vez con los tanques.

–Llévate el arpón. Jonas... –ya se hallaba ante la barandilla antes de que corriera a su lado–. Quiero irme a casa. Quiero hacer el amor contigo.

–Es un buen momento para sacar el tema –le sonrió, se encorvó y se dejó caer al agua.

A los cinco minutos, Liz volvía a ir de un lado a otro de la cubierta. Se dijo que en poco más de una hora, podrían estar bebiendo café caliente en la cocina. No importaría que la policía rodeara la casa. Jonas y ella estarían dentro. Juntos. Quizá ya era hora de Compartir. Quizá... Cuando oyó el chapoteo en el costado del barco, se lanzó hacia la barandilla.

–Jonas, ¿ha sucedido algo? ¿Por qué...? –se encontró de cara al cañón de una pistola del 22.

–Señorita –Manchez tiró la mascarilla y el tubo de snorkel sobre el banco al subir a bordo por encima de la barandilla–. Buenas noches.

–¿Qué haces aquí? –luchó por sonar indignada mientras palidecía–. Teníamos un trato.

–Eres una aficionada –le dijo–. Igual que lo era Sharpe. ¿Pensaste que nos olvidaríamos del dinero?

–No sé nada del dinero que se llevó Jerry –se agarró a la barandilla–. Te lo he dicho en todo momento.

–El jefe ha decidido que eras un cabo suelto, preciosa. Haznos un favor y realiza esta entrega. Y nosotros te haremos un favor y te mataremos con rapidez.

No volvió a mirar el arma. No se atrevió.

–Como sigáis matando a vuestros buceadores, os quedaréis sin negocio.

–Ya hemos terminado en Cozumel. Cuando tu amigo suba con la caja, me la llevaré a Mérida. Viviré a lo grande. Vosotros dejaréis de vivir.

Tenía ganas de sentarse porque le temblaban las rodillas. Pero se mantuvo de pie porque pensó que quizá ya nunca pudiera levantarse.

–Si habéis terminado en Cozumel, ¿por qué habéis organizado esta entrega?

–A Clancy le gustan las cosas bien atadas. Ahí abajo hay unos cientos de miles en cocaína, eso es todo. Y unos cientos de miles que suben en la caja. El jefe considera que vale la pena la inversión para hacer que parezca que estabas haciendo el negocio con Sharpe. Cuando tuvisteis una discusión y os matasteis mutuamente. Caso cerrado.

–También mataste a Erika, ¿verdad?

–Hacía demasiadas preguntas –bajó la pistola–. Igual que tú.

La luz inundó el barco y el agua con tanta rapidez, que el primer instinto de Liz fue quedarse paralizada. Antes de asimilar por completo la siguiente reacción, se lanzó al agua.

Mientras las luces jugaban en la superficie encima de ella, se preguntó cómo podía advertirle a Jonas. Carecía de tanques, de mascarilla y de protección. En cualquier momento él emergería, ajeno al peligro. Su única protección era ella.

Sin equipo, estaría desvalida en cuestión de momentos. Luchó por mantenerse bajo el agua, permaneciendo cerca de la escalerilla todo lo que se atrevía. Los pulmones estaban a punto de estallarle cuando sintió el movimiento en el agua. Liz se volvió hacia el haz de luz.

Al verla, estuvo a punto de que el corazón se le parara. Parecía un fantasma aferrándose al casco del barco. Antes de que su mente pudiera empezar a formular preguntas, le introdujo la boquilla entre los labios y le daba aire. No podía haber comunicación, sólo emoción. Él sintió el miedo. Sujetó con firmeza el arpón y salió a la superficie.

–Señor Sharpe –Moralas lo fijó en un haz de luz. Liz salió a su lado–. Tenemos todo bajo control –en la cubierta del barco de ella, Manchez estaba esposado y flanqueado por dos buceadores–. Quizá quiera llevarnos a mis hombres y a mí de vuelta a Cozumel.

Sintió que Jonas se ponía tenso. El arpón estaba preparado y apuntando. Incluso a través de la mascarilla, podía ver cómo ardían sus ojos.

–Jonas, por favor –pero él ya subía por la escalerilla. Ella pasó por encima de la barandilla y se plantó en la cubierta. Empapada y fría–. Jonas, no puedes. Se acabó.

Apenas la oyó. Toda su emoción, toda su concentración, se hallaba sobre el hombre al que tenía a menos de un metro. Sus ojos se clavaron en los del otro. Era para lo que había ido, lo que se había prometido. La moneda en el extremo de su cadena oscilaba y le recordaba a su hermano. Su hermano muerto. Ahí no había satisfacción. Bajó el arpón.

Manchez echó atrás la cabeza.

–Saldré –afirmó en voz baja. Comenzó a sonreír–. Saldré.

El arpón voló y se clavó en la cubierta entre los pies de Manchez. Liz vio que la sonrisa se congelaba en la cara del asesino un instante antes de que se formara en la de Jonas.

–Estaré esperando.

¿De verdad habría acabado? Fue lo único en lo que pudo pensar Liz al despertar. Cálida y seca, en su propia cama. Estaba a salvo, Jonas se hallaba a salvo y la operación de contrabando en Cozumel se había desmantelado. Desde luego, Jonas se había enfurecido. Manchez había estado sometido a vigilancia, ellos habían estado sometidos a vigilancia, pero la policía había hecho acto de presencia sólo cuando Liz había tenido una pistola delante.

«Pero ha conseguido lo que vino a buscar», pensó. El asesino de su hermano se encontraba entre rejas. Se enfrentaría a un juicio y a la justicia. Esperaba que fuera suficiente para Jonas.

Para ella era suficiente la mañana. Su normalidad. Feliz, se dio la vuelta y pegó el cuerpo contra el de Jonas. Él la atrajo aún más.

–Quedémonos aquí hasta el mediodía.

Ella rió y pegó la cara contra su cuello.

–Tengo que...

–Dirigir un negocio –concluyó él.

–Exacto. Y por primera vez en semanas, puedo dirigirlo sin la necesidad de mirar por encima del hombro. Soy feliz –lo miró, luego le rodeó el cuello con los brazos y lo abrazo con fuerza–. Soy muy feliz.

–¿Lo bastante feliz como para casarte conmigo?

Se quedó quieta como una piedra, luego, lentamente, muy lentamente, se separó.

–¿Qué?

–Cásate conmigo. Ven a casa conmigo. Empieza una vida conmigo.

Quería decir que sí. La sorprendió que el corazón

se muriera por decir que sí. Apartarse de él fue lo más difícil que tuvo que hacer jamás.

–No puedo.

La detuvo antes de que pudiera levantarse de la cama. Se dio cuenta de que le dolía, más de lo que habría sido capaz de imaginar.

–¿Por qué?

–Jonas, somos dos personas diferentes con dos vidas por completo separadas.

–Dejamos de tener vidas separadas hace semanas –le tomó las manos–. Jamás volverán a estar separadas.

–Por desgracia, sí –se soltó las manos–. Cuando lleves unas semanas en Filadelfia, ni te acordarás del aspecto que tengo.

La sujetó por las muñecas. La furia que en raras ocasiones se manifestaba con él, parecía siempre a flor de piel cuando estaba cerca de ella.

–¿Por qué haces eso? –quiso saber–. ¿Por qué nunca eres capaz de aceptar lo que se te da? –la hizo girar hasta dejarla debajo de él en la cama–. Te amo.

–No –cerró los ojos a medida que el deseo le eclipsaba la razón–. No me digas eso.

Lo estaba bloqueando de su vida. Jonas primero sintió pánico, luego ira. Después, determinación.

–Lo diré. Si lo digo bastantes veces, tarde o temprano, empezarás a creerlo. ¿Crees que todas estas noches han sido un juego? ¿No lo has sentido? ¿No sientes nada?

–En el pasado también creí sentir algo.

–Eras una niña –cuando empezó a mover la cabeza, la aferró con más fuerza–. Sí, lo eras. En algunos sentidos, lo sigues siendo, pero cuando estás conmigo sé lo que pasa por ti. Lo sé. No soy un fantasma, no soy un recuerdo. Soy real y te quiero.

–Te tengo miedo –susurró–. Tengo miedo porque me haces desear lo que no puedo tener. No me casaré contigo, Jonas, porque ya no voy a correr riesgos con mi vida y no correré riesgos con la vida de mi hija. Por favor, déjame ir.

La soltó, pero cuando se puso de pie, la rodeó con los brazos.

–No se ha acabado para nosotros.

Ella apoyó la cabeza en su torso.

Deja que disfrute de los pocos días que nos quedan. Por favor, déjame.

Le levantó el mentón. Todo lo que necesitaba saber estaba en sus ojos. Un hombre que sabía y que planeaba ganar podía permitirse el lujo de esperar.

–Hasta ahora, no habías tratado con nadie tan obstinado como tú. Y todavía no has terminado conmigo –le acarició el pelo–. Vístete. Te llevaré al trabajo.

Lo amaba tanto, que lo apartaba cuando lo que deseaba era acercarlo. Él necesitaba regresar a su vida, a su mundo. Cuando pasara el tiempo, si pensaba en ella, sería con gratitud por haber cerrado una puerta que Jonas había abierto por un impulso. Ella pensaría en él. Siempre.

Cuando caminaba hacia la tienda, había tomado una decisión.

–¿Qué vas a hacer hoy?

–¿Yo? –también Jonas había tomado una decisión–. Voy a sentarme bajo el sol y no haré nada.

–¿Nada? –incrédula, lo observó–. ¿Todo el día?

–Está demostrado que relaja, igual que tomarse un día libre. Si lo haces varios días seguidos, se lo llama vacaciones. Se suponía que yo iba a tener unas en París.

«París», pensó Liz. Encajaba con él.

–Si te aburres, estoy segura de que uno de los barcos aceptaría un tripulante adicional.

–Ya he tenido más que suficiente buceo por unos días, gracias –se sentó en una tumbona delante de la tienda. Era el mejor sitio para mantener un ojo sobre ella.

–Miguel –automáticamente, Liz buscó a Luis–. Has venido temprano.

–Vine con Luis. Está comprobando el barco de buceo... tiene una excursión temprano.

–Sí, lo sé –pero no confiaría en Miguel para llevar la tienda mucho rato–. ¿Por qué no lo ayudas? Yo me ocuparé del mostrador.

–Bueno. Oh, un par de hombres le echan un vistazo al barco de pesca. Quizá quieran alquilarlo.

–Iré a ver –regresó y se puso en cuclillas junto a Jonas–. Vigila la tienda por mí, ¿quieres? Tengo un par de clientes junto al Expatriate.

Jonas se ajustó las gafas de sol.

–¿Cuánto pagas la hora?

Liz entrecerró los ojos.

–Podría prepararte la cena esta noche.

Con una sonrisa, se levantó para situarse detrás del mostrador.

–Tómate todo el tiempo que precises.

Con una carcajada, Liz avanzó por el pasaje en dirección al embarcadero. Pensó que no le iría mal un servicio de pesca. Ya había pedido las motos de agua, pero aún había que pagarlas. Además, disfrutaría del recorrido. Se acercó a los hombres que había junto al barco.

–Buenos días –comenzó–. Señor Ambuckle –dedicándole una sonrisa, extendió la mano–. No sabía que había vuelto. ¿Es uno de esos rápidos viajes de fin de semana?

–Así es –la cabeza casi calva brilló bajo el sol mientras le palmeaba la mano–. Cuando siento el deseo, tengo que ponerme en marcha.

–¿Esta vez piensa en un día de pesca mayor?

–Es gracioso que lo mencione. Le estaba diciendo a mi compañero que sólo me interesan las presas mayores.

–Sólo las presas mayores –Scott Trydent se dio la vuelta y se echó para atrás el sombrero de paja–. Así es, Clancy.

–No se dé la vuelta, encanto –los dedos de Ambuckle se cerraron sobre los suyos antes de que pudiera moverse–. Va a subir al barco, sin oponer resistencia. Tenemos que hablar, luego tal vez demos un paseo.

–¿Cuánto tiempo lleva usando mi tienda de buceo para su tráfico? –vio la pistola bajo la chaqueta de Scott. No se atrevió a hacerle una señal a Jonas.

–Durante el último par de años el emplazamiento de su tienda ha sido inmejorable. Ya sabe, fletan el producto desde Colombia y lo dejan en Miami. Tal como se ha calentado la situación en los últimos años, se corre un gran riesgo utilizando las rutas habituales. De esta manera se tarda más, pero pierdo menos mercancía.

–Y usted es el organizador –murmuró ella–. El hombre que quiere la policía.

–Soy un hombre de negocios –repuso con una sonrisa–. Subamos a bordo, encanto.

–La policía vigila –lo informó mientras subía a bordo.

–La policía tiene a Manchez. Si no hubiera intentado traicionarme, el último cargamento habría ido a la perfección.

–¿Traicionarlo?

–Así es –intervino Scott mientras la flanqueaba–. Pablo decidió que podía ganar más por su cuenta que siendo un hombre de la empresa.

–Y al informarme de la trama de su compañero, el señor Trydent asciende en el escalafón. Dirijo mi organización con un programa de incentivos.

Scott le sonrió a Ambuckle.

–Y nada supera al sistema.

–Hizo que mataran a Jerry Sharpe –luchando por creer lo que pasaba, contempló al hombrecillo gordo que había charlado con ella y alquilado sus tanques–. Hizo que le pegaran un tiro.

–Me robó mucho dinero –Ambuckle exhibió un

mohín al pensar en ello–. Mucho. Hice que Manchez se deshiciera de él. La verdad es que durante un tiempo, la consideré a usted como enlace. Sin embargo, parecía más sencillo usar su tienda. Mi esposa le tiene mucho aprecio.

–Su esposa –Liz pensó en la mujer de aspecto bonachón con los bañadores con faldita–. ¿Sabe que trafica con drogas y que asesina a gente?

–Cree que tenemos un magnífico agente de bolsa –sonrió–. He estado moviendo nieve durante diez años y mi esposa no sabría reconocer la coca del azúcar. Me gusta mantener separados los negocios de la familia. Se va a llevar un disgusto cuando se entere de que usted ha sufrido un accidente. Ahora iremos a dar un pequeño paseo. Y vamos a hablar de los trescientos mil que Jerry me birló. Suelta amarras, Scott.

–¡No! –pensando únicamente en la supervivencia, Liz se lanzó hacia el muelle. Ambuckle la tuvo sobre la cubierta con un empujón.

Movió la cabeza, se frotó las manos y se volvió hacia ella.

–Quería evitar algo desagradable. Ya sabe, le cambié los medidores en los tanques de oxígeno, pensando que eso la haría desistir. Siempre sentí debilidad por usted, encanto. Pero los negocios son los negocios –suspiró y miró a Scott–. Como has ocupado el puesto de Pablo, doy por hecho que sabes cómo encargarte de esto.

–Desde luego –sacó un revólver. Clavó la vista en Liz. Cuando ella contuvo el aliento, apuntó el cañón hacia Ambuckle–. Queda arrestado –con la otra mano, sacó una placa–. Tiene derecho a guardar silencio...

Fue lo último que Liz oyó antes de enterrar la cara en las manos y ponerse a llorar.

XII

–Quiero saber qué diablos ha estado sucediendo –se hallaban en el despacho de Moralas, pero Jonas no podía sentarse.

Con las manos juntas sobre el escritorio, Moralas lo miró con serenidad.

–Quizá la explicación debería dársela su compatriota.

–El agente especial Donald Scott –dijo desde el rincón del escritorio de Moralas el hombre al que Liz había conocido como Scott Trydent–. Lamento el engaño, Liz –aunque su voz era sosegada y directa, no podía enmascarar su entusiasmo; después de todo, siempre había creído que el fin justificaba los medios–. Llevaba tres años detrás de ese hijo de perra –bebió un sorbo de café–. Tardamos dos hasta poder infiltrarnos en su círculo, e incluso entonces no pude establecer contacto con el jefe. Para llegar hasta él tuve que pasar por más canales de los que cabría imaginar para un organismo oficial. Ha sido muy cauteloso. Durante los últimos ocho meses, he estado trabajando con Manchez como Scott Trydent. Fue lo más que pude acercarme a Ambuckle hasta hace dos días.

–Usted la usó –la mano de Jonas se posó en el hombro de Liz–. La situó en el centro de todo.

–Sí. El problema era que durante mucho tiempo no estuvimos seguros de lo involucrada que estaba. Conocíamos que pasaban por su tienda, Liz. Sabíamos que usted era una buceadora experimentada. De hecho, no hay nada sobre usted que mi organización no conociera. Durante un tiempo, usted fue nuestra sospechosa número uno.

–¿Sospechosa? –tenía las manos juntas sobre el regazo, pero la indignación iba en aumento–. Sospechaban de mí.

–Usted abandonó Estados Unidos hace diez años. Jamás ha vuelto. Posee tanto los contactos como los medios para haber dirigido la operación. Mantiene a su hija fuera de la isla casi todo el año y en uno de los mejores colegios de Houston.

–Eso es asunto mío.

–Los detalles de ese estilo se convierten en asunto nuestro. Cuando le dio trabajo a Jerry Sharpe, casi quedamos convencidos. Él pensaba de forma diferente, aunque no lo usábamos por sus opiniones.

Sintió que los dedos de Jonas se tensaban y alzó la mano hacia ellos mientras hablaba.

–¿Usarlo?

–Me puse en contacto con Jerry Sharpe en Nueva Orleáns. Era otra persona sobre la que lo sabíamos todo. Era un timador, pero tenía estilo –bebió un trago de café mientras estudiaba a Jonas–. Le ofrecimos un trato. Si conseguía entrar, darnos información, nos olvidaríamos de unas pocas... indiscreciones. Me gustaba su hermano –le dijo a Jonas–. De verdad. Si hubiera podido sentar un poco la cabeza, habría sido un poli bueno. Él lo llamaba «estafar a los malos».

–¿Está diciendo que Jerry trabajaba para usted? –sintió que las emociones afloraban a la superficie. El retrato que apenas había sido capaz de forzarse a aceptar, estaba cambiando.

–Así es –Scott sacó un cigarrillo y lo encendió con una cerilla–. Me gustaba... hablo en serio. Tenía un modo de ver las cosas que hacía que olvidaras que eran asquerosas.

«Ése era Jerry», pensó Jonas. Se dirigió hacia la ventana. Podía ver el agua al romper contra los cascos de los barcos. El sol bailando sobre las ondas y a los niños paseando por el rompeolas. La escena había sido casi igual el día que llegó a Cozumel. Algunas cosas permanecían iguales; otras se alteraban constantemente.

–¿Qué pasó?

–Le costaba seguir las órdenes. Quiso presionarlos demasiado, demasiado deprisa. En una ocasión me dijo que tenía algo que demostrar, a sí mismo y a la otra parte de él. La mejor.

Jonas se volvió despacio. El dolor apareció otra vez. Liz lo vio en sus ojos y se acercó a él.

–Continúe.

–Se metió la idea en la cabeza de robarles el dinero de un cargamento. No me enteré de ello hasta que me llamó desde Acapulco. Supuso que pondría al jefe en una posición en la que tendría que intervenir en persona. Le dije que no hiciera nada, que nos lo íbamos a llevar de nuevo a Estados Unidos para protegerlo hasta que acabara el trabajo –tiró la cerilla que había estado sosteniendo en el cenicero de Moralas–. No me escuchó. Regresó a Cozumel e intentó tratar directamente con Manchez. Se acabó antes de que lo supiera. Y aunque lo hubiera sabido, no puedo asegurar que hubiera logrado pararlo. No nos gusta perder a civiles, señor Sharpe. A mí no me gusta perder a amigos.

La ira se vació de él poco a poco. Pensó que habría sido muy típico de Jerry. Una aventura, el estímulo, la espontaneidad.

–Siga.

–Recibí órdenes de presionar a Liz –emitió una risa que carecía por completo de humor–. Órdenes de ambos lados. No fue hasta después de su viaje a Acapulco cuando quedamos convencidos de que no estaba involucrada en el tráfico. Dejó de ser una sospechosa y pasó a ser un señuelo.

–Fui a la policía –miró a Moralas–. Fui a verlo a usted. No me lo dijo.

–No fui consciente de la identidad del agente Scott hasta ayer. Sólo sabía que teníamos un hombre dentro y que era necesario utilizarla a usted.

–Estaba protegida –aseveró Scott–. No hubo un día en que no estuviera protegida por los hombres de Moralas o los míos. Su presencia aquí complicó las cosas –le dijo a Jonas–. Se acercaba demasiado. Supongo que Jerry y usted tenían más en común que la apariencia.

Jonas sintió el peso de la cadena alrededor del cuello.

–Es posible.

–Bueno, llegamos al punto en que teníamos que conformarnos con Manchez y unos pocos más o lanzarnos por todo. Nos lanzamos por todo.

–El paquete que llevamos. Fue una trampa.

–Manchez tenía órdenes de hacer lo que fuera necesario para recuperar el dinero que se había llevado Jerry. Desconocían la existencia de la caja de seguridad –soltó una bocanada de humo–. Tuve que actuar con celeridad para controlar la situación. Aunque por ese entonces nosotros también lo desconocíamos, hasta que ustedes nos condujeron a la caja. Para Ambuckle, ustedes tenían el dinero y pensaba recuperarlo. Él quería que pareciera que ustedes dirigían juntos la operación de tráfico. Cuando los encontraran muertos, la presión desaparecería de sus espaldas. Planeaba estarse quieto una temporada y luego reanudar el negocio en otra parte. Eso me lo dijo Manchez. Les pusieron una trampa –convino–. Y también a él. Cuando Manchez nadaba hacia su barco, yo estaba al teléfono con el hombre que conocía como Clancy. Me ofreció un ascenso y vino en persona para tratar con ustedes.

Liz intentó verlo como lo veía Scott, un juego de ajedrez, cualquier juego con peones. No pudo.

–Ayer por la mañana ya sabía quién era y, aun así, hizo que subiera a ese barco.

–Había una docena de tiradores en posición. Yo tenía un arma. Ambuckle no. Queríamos que ordenara su muerte, y que le revelara lo más posible. Cuando esto vaya a juicio, queremos que no haya ningún cabo suelto. Queremos encerrarlo durante mucho tiempo. Usted es abogado, Sharpe. Sabe cómo pueden ir estas cosas. Podemos realizar un arresto limpio, tener un montón de pruebas y perder. He visto a demasiados de estos canallas escapar de la cárcel –soltó el humo por entre los dientes–. Éste no irá a ninguna parte salvo a una prisión federal.

–Todavía queda la cuestión de si esos hombres serán juzgados en su país o en el mío –intervino Moralas con suavidad, y no se movió cuando Scott giró con rapidez.

–Escuche, Moralas...

–Lo discutiremos más tarde. Tienen mi agradecimiento y mis disculpas –les dijo a Liz y a Jonas–. Lamento que no viéramos ningún otro modo.

–Yo también –murmuró Liz, luego se volvió hacia Scott–. ¿Valió la pena?

–Ambuckle introdujo miles de kilos de cocaína

en Estados Unidos. Es responsable de más de quince asesinatos en México y Estados Unidos. Sí, valió la pena.

Ella asintió.

–Espero que comprenda que no quiero volver a verlo jamás –después de cerrar la mano alrededor de la de Jonas, logró esbozar una sonrisa–. Fue un pésimo estudiante.

–Lamento que no llegáramos a tomar aquella copa –miró a Jonas–. Lamento muchas cosas.

–Agradezco lo que me ha contado sobre mi hermano. Marca una gran diferencia.

–Lo voy a recomendar para una mención. Se la enviarán a sus padres.

–Significará mucho para ellos –le ofreció la mano con sinceridad–. Usted hacía su trabajo... eso lo entiendo. Todos hacemos lo que tenemos que hacer.

–Eso no significa que no lo lamente.

Jonas asintió. Algo en su interior se había liberado por completo.

–En cuanto a hacer que Liz pasara por un infierno los últimos días... –con mucha calma, cerró la mano y le dio un sólido puñetazo a Scott en la mandíbula. El hombre delgado partió una silla por la mitad al caer sobre ella de camino al suelo.

–¡Jonas! –aturdida, Liz sólo pudo mirarlo fijamente. Luego, increíblemente, tuvo ganas de reír. Con una mano sobre la boca, se apoyó en él.

Moralas permanecía satisfecho ante su escritorio.

Scott se frotó con cuidado la mandíbula.

–Todos hacemos lo que tenemos que hacer –murmuró.

Jonas simplemente le dio la espalda.

–Adiós, capitán.

Moralas permaneció donde estaba.

–Adiós, señor Sharpe –se puso de pie y con una rara manifestación de sentimiento, tomó la mano de Liz y la besó–. Vaya con Dios –esperó hasta que la puerta se cerró detrás de ellos para volver a mirar a Scott–. Desde luego, su gobierno pagará por la silla.

«Se ha ido. Lo he echado de mi lado». Después de casi dos semanas, Liz despertaba con los mismos pensamientos. Jonas se había ido. Y aún seguía tratando de convencerse de que era lo mejor. Si hubiera seguido los dictámenes de su corazón, le habría dicho «sí» en cuanto le pidió matrimonio. Habría dejado todo lo que había levantado allí y se habría ido con él.

Pero ése no era el momento para lamentarse. El avión llegaba tarde y a ella la dominaba la impaciencia. Hasta que el corazón le dijo que había llegado y se puso a esperar junto a la puerta.

Faith llevaba unos pantalones con rayas azules y una blusa blanca. Mientras veía a su hija bajar los escalones, pensó que el pelo le había crecido. Tenía las manos húmedas. «No llores, no llores», se ordenó. Pero las lágrimas se le acumulaban. Entonces Faith alzó la vista y la vio. Con una sonrisa y un gesto de la mano, emprendió la carrera. Liz soltó las bolsas y alargó los brazos hacia su hija.

–Mamá, pude sentarme junto a la ventanilla, pero no logré ver nuestra casa –mientras hablaba, abrazaba a su madre con fuerza como para estrangularla–. Te he traído un regalo.

–Deja que te mire –la apartó y se empapó de ella. Con un sobresalto, se dio cuenta de que era preciosa. Ya no era bonita o dulce. Su hija se había vuelto hermosa. «No puedo volver a dejar que se vaya». Fue como chocar con un muro. «Jamás podré volver a dejar que se vaya»–. Has perdido un diente –logró decir mientras apartaba el pelo de su hija.

–Dos –sonrió para mostrar los espacios gemelos–. La abuela dijo que podía ponerlos bajo la almohada, pero los he traído conmigo para poder ponerlos bajo mi verdadera almohada–. ¿Recibiré unos pesos?

–Sí –le besó una mejilla, luego la otra–. Bienvenida a casa.

Con la mano de Faith en la suya, se puso de pie para saludar a sus padres. Su padre, alto y aún delgado, le sonreía como siempre que ella había hecho algo que le resultaba especialmente satisfactorio. Su madre estaba detrás de él, adorable a su estilo atildado. En ese momento, igual que siempre se lo había parecido, daba la impresión de que jamás había tenido que enfrentarse a una crisis mayor que una tostada quemada. Sin embargo, había sido tan sólida y robusta como una roca.

–Mamá –extendió los brazos y se vio rodeada–.

Oh, os he echado d menos. Os he echado tanto de menos –«quiero irme a casa». El pensamiento surgió de su interior y estuvo a punto de rebosar de ella. Necesitaba ir a casa.

–Mamá –Faith tiró del bolsillo de sus vaqueros–. Mamá.

Liz se volvió y la alzó en brazos.

–Sí –le cubrió la cara de besos hasta que la pequeña no pudo contener las risitas–. ¡Sí, sí, sí!

–Tienes que saludar a Jonas –dijo al final la pequeña.

–¿Qué?

–Ha venido con nosotros. Tienes que saludarlo.

–Yo no... –entonces lo vio, apoyado contra el cristal, observando con paciencia. Palideció. Con Faith en brazos, no se movió de donde estaba.

Jonas se acercó a ella, le tomó el rostro entre las manos y le plantó un beso ardiente.

–Me alegro de verte –murmuró, luego se agachó para recoger las bolsas que Liz había soltado–. Supongo que éstas son para usted –dijo mientras le entregaba las flores a la madre de Liz.

–Sí –Liz trató de reagrupar sus pensamientos–. Lo había olvidado.

–Son preciosas –le dedicó una sonrisa a su hija–. Jonas va a conducirnos al hotel. Lo he invitado a cenar esta noche. Espero que no te importe. Tú siempre preparas comida más que suficiente.

–No, yo... Desde luego.

–Nos veremos entonces –le dio a Liz otro beso fugaz–. Sé que quieres llevar a Faith a casa y pasar un tiempo con ella. Nos veremos esta noche.

–Pero yo...

–Nuestras maletas están aquí. Vamos a pasar por la aduana.

Antes de que pudiera decir otra palabra, se quedó a solas con su hija.

–¿Podemos parar para ver al señor Pessado?

–Sí –aceptó Liz distraída.

–Vámonos a casa.

Liz recogió el plato del helado y comenzó a lavarlo.

–Escucha, viene alguien –Faith se levantó como un muelle y se lanzó hacia la puerta de entrada–. ¡Es Jonas! –con un grito, abrió la puerta y corrió a toda velocidad.

–¡Faith! –salió de la cocina y llegó al porche a tiempo de ver cómo Faith se arrojaba a los brazos de Jonas.

Riendo, él la alzó en el aire y luego la depositó en el suelo otra vez, con un movimiento tan fluido que era como si llevara haciendo eso toda la vida.

–Has venido temprano –complacida, Faith se agarró a su mano–. Hablábamos de ti.

–¿Sí? –revolvió el pelo de la pequeña, pero miró a Liz–. Es gracioso, porque yo pensaba en vosotras.

–Vamos a hacer una paella porque es lo que más le gusta al abuelo. Puedes ayudarnos.

–Faith...

–Me encantará –interrumpió Jonas–. Después de que hable con tu madre –al pie de las escaleras, se agachó para quedar al mismo nivel de la pequeña–. Realmente me gustaría hablar con tu madre a solas.

Faith hizo un mohín.

–¿Por qué?

–Tengo que convencerla de que se case conmigo.

Obvió el jadeo de Liz y estuvo atento a la reacción de Faith. La pequeña entrecerró los ojos y frunció los labios.

–Dijo que no eras su novio. Se lo pregunté.

Sonrió y se inclinó más.

–He de convencerla.

–La abuela dice que nadie puede convencer jamás a mamá de algo. Tiene una cabeza dura.

–Y yo también, y me gano la vida convenciendo a la gente de cosas. Pero quizá luego tú puedas aportar unas palabras positivas sobre mí.

Faith lo pensó y los ojos se le iluminaron.

–De acuerdo. Mamá, ¿puedo ir a ver si Roberto está en casa? Has dicho que tenía cachorros nuevos.

–Ve, pero sólo un ratito.

Jonas se irguió mientras contemplaba a Faith correr hacia la casa que había enfrente.

–Has hecho un trabajo excelente con tu hija, Elizabeth.

–El trabajo ha sido de ella misma.

Se volvió y vio los nervios en el rostro de ella.

–¿Quieres que hablemos dentro? –comenzó mientras subía los escalones–. ¿O aquí mismo?

–Jonas, no sé por qué has vuelto, pero...

–Claro que sabes por qué he vuelto. No eres estúpida.

–No tenemos nada de qué hablar.

–Perfecto –cerró la distancia que los separaba. Ella no se resistió, aunque pensó que debería. Cuando la pegó contra él, cedió sin titubeos. Las bocas se buscaron con ansiedad y, por un momento, sólo un momento, el mundo volvió a estar bien–. Si no quieres hablar, iremos dentro y haremos el amor hasta que veas las cosas con más claridad.

–Veo las cosas con claridad –apoyó las manos en sus brazos y comenzó a alejarse.

–Te amo.

Sintió el temblor, el destello de júbilo en los ojos de ella antes de que apartara la vista.

–Jonas, esto no es posible.

–Te equivocas. Es completamente posible... en realidad, ya está hecho. La cuestión, Liz, es que me necesitas.

Los ojos de ella se entrecerraron hasta parecer dos rendijas.

–Yo me ocupo de lo que necesito.

–Por eso te amo –manifestó con sencillez, desarmándola.

–Jonas...

–¿Vas a decirme que no me has echado de menos? –ella abrió la boca, pero volvió a cerrarla–. De acuerdo, en esa respuesta te acoges a la Quinta Enmienda –se apartó–. ¿Vas a negar que en las últimas semanas has pasado unas noches sin poder conciliar el sueño por pensar en lo sucedido entre nosotros? ¿Vas a quedarte aquí, mirándome, y atreverte a decirme que no me amas?

Nunca había sido capaz de mentir bien.

–Jonas, no puedo dirigir mi vida basándome en mis sentimientos.

–A partir de ahora, sí puedes. Te he traído un regalo –sacó un estuche del bolsillo. Liz vio el fulgor de un diamante y a punto estuvo de llevarse la mano a la espalda antes de que él se la tomara. Se lo deslizó con firmeza–. Ya es oficial.

Ella ni siquiera quería mirarlo. Pero no pudo contenerse. El diamante tenía forma de lágrima y era tan blanco y resplandeciente como un deseo.

–Estás siendo ridículo –le dijo.

–Vas a casarte conmigo –la tomó por los hombros y la apoyó contra un poste–. Eso es innegociable. Después, disponemos de varias opciones. Puedo dejar mi bufete y vivir en Cozumel. Tú puedes mantenerme.

Ella emitió una risa breve

–Ahora sí que estás siendo ridículo.

–No te gusta ésa. Bien, a mí tampoco me entusiasmaba. Puedes ir a Filadelfia conmigo. Yo te mantendré.

Ella alzó el mentón.

–No necesito que me mantengan.

–Excelente. Estamos de acuerdo en las primeras dos opciones. Ahora bien, puedes regresar a Estados

Unidos. Sacaremos un mapa, tú cerrarás los ojos y elegiremos un punto. Ahí es donde viviremos.

–No podemos dirigir nuestras vidas de esa manera –lo apartó para caminar por la extensión del porche y volver. Aunque una parte de ella empezaba a creer que sí–. ¿No ves lo imposible que es? –demandó tanto a él como a sí misma–. Tienes tu carrera. Yo tengo mi negocio. Jamás sería una esposa apropiada para alguien como tú.

–Eres la única esposa para alguien como yo –volvió a tomarla de los hombros–. Maldita sea, Liz, eres la única. Si el negocio es importante para ti, quédatelo. Haz que lo lleve Luis. Podemos volver media docena de veces al año si quieres. Empezar otro negocio. Iremos a Florida, a California, a cualquier parte que quieras donde haga falta una buena tienda de buceo. O... –esperó hasta tener la certeza de que disponía de su completa atención–. Podrías volver a la universidad.

Lo vio en sus ojos... la sorpresa, el sueño, la negación.

–Eso se terminó.

–Y un cuerno. Mírate... es lo que quieres. Conserva la tienda, monta otra, diez más, pero date algo para ti misma.

–Han pasado más de diez años.

Él enarcó una ceja.

–En una ocasión me dijiste que no cambiarías nada.

–Y lo decía en serio, pero volver ahora, después de tanto tiempo...

–¿Tienes miedo?

Entrecerró los ojos y puso la espalda rígida.

–Sí.

Él rió, encantado con ella.

–En las últimas semanas, has ido al infierno y regresado de allí. ¿Y te dan miedo unos cursos universitarios?

–Puede que no sea capaz de conseguirlo –con un suspiro, se volvió.

–¿Y qué? –le hizo mirarlo de nuevo–. Pues te caes de bruces. Allí me tendrás a mí cayendo contigo. Es hora de correr un riesgo, Liz. Para los dos.

–Oh, quiero creerte –alzó una mano para apoyarla en su cara–. Quiero. Te amo, Jonas. Te amo tanto.

–Te necesito, Liz. No pienso volver sin ti.

Se aferró a él un momento, casi dispuesta a creer.

–Pero no soy sólo yo. Tienes que entender que no puedo hacer lo que se me antoje.

–¿Faith? He dedicado las últimas semanas a llegar a conocerla. Mi principal objetivo al empezar era congraciarme con ella. Pensé que el único modo de llegar hasta ti era a través de ella.

Liz ya lo había deducido.

–¿Tardes en el zoo?

–Exacto. La cuestión es que no sabía que era tan fácil de querer como la madre. La quiero.

–No entiendo –comentó con voz trémula.

–Quiero que sea mía... legal, emocionalmente. Quiero que aceptes permitirme adoptarla.

–Adoptar... –fuera lo que fuese lo que había esperado de él, no era eso–. Pero ella es...

–¿Tuya? –interrumpió–. No. Va a ser nuestra. Vas a tener que compartirla. Y si estás decidida a que vaya al colegio en Houston, viviremos en Houston. Dentro de un año, espero que tenga un hermano o una hermana, porque necesita familia tanto como nosotros.

Le estaba ofreciendo todo, todo lo que ella siempre había querido y se había negado a creer.

–Es la hija de otro hombre. ¿Cómo vas a ser capaz de olvidarlo?

–Es tu hija –le recordó–. Tú misma me dijiste que sólo era tu hija. Y ahora va a ser mía –le tomó las manos y se las besó–. Igual que tú.

Aturdida, por primera vez pudo observar su propia vida sin ver sombras en ella.

–Ten la seguridad de que si me dejo ir, si te digo que sí y luego cambias de parecer, te odiaré el resto de mi vida.

La tomó por la pechera.

–Dentro de una semana, vamos a ir a la granja de mis padres en Lancaster, llamaremos al pastor local, juez de paz o médico brujo y nos casaremos. Los papeles de adopción están siendo redactados. Cuando nos asentemos como una familia, todos vamos a tener el mismo apellido. Tú, Faith y yo.

Suspiró, se apoyó en el poste y lo estudió. Fuerte, apasionado, paciente. Su amante había vuelto, su hija estaba con ella y nada era imposible.

–La primera vez que te vi, pensé que eras el tipo de hombre que siempre consigue lo que quiere.

–Y tuviste razón –le tomó otra vez las manos–. Y ahora, ¿qué vamos a contarle a Faith? –inquirió.

Ella exhibió una leve sonrisa.

–Creo que lo mejor es que le digamos que me has convencido.